TAKE
SHOBO

アラサー女子と多忙な王子様のオトナな関係

天ヶ森雀

ILLUSTRATION
逆月酒乱

MITSU
YUME

CONTENTS

プロローグ 6

1. 掃き溜めに、王子様 10

2. 二度と会いたくないって
　　思ってたのは本当なんだけど 36

3. 流されて、溺れる 65

4. ただひたすら、甘い夜。 83

5. 嫌じゃないけど困る。困るけど嫌じゃない。
　　それが問題？ 110

6. そもそも恋愛関係ですらないのに 129

7. 別腹デザート、みたいな 153

8. うまく息ができない 177

9. 忍び寄る悪夢 202

10. 彼の決意 228

11. あなたに伝えたいこと 255

12. 王子様と大人な関係 284

エピローグ 311

あとがき 323

MITSU YUME

イラスト／逆月酒乱

アラサー女子と多忙な王子様のオトナな関係

arasa-joshi to
tabou na oujisama no
otona na kankei

プロローグ

媚薬《びやく》効果を持つ音があるとしたら、彼の声はまさにそれだと思う。

「ここが弱い？」

首筋を撫でられながら耳元で囁《ささや》かれ、それだけで腰が砕けそうになった。

「田崎《たさき》さん、や、そこ、ダメ……っ」

「……ああ、こっちの方がいいんだ？」

「ひゃうっ」

長くてしなやかな指先が白い肌の上を滑り、青子《しょうこ》の敏感な部分を撫でた。羽毛のように軽く。彼は易々と青子の弱い部分を探り当て、自分のスキルにしてしまう。青子の肩も、鎖骨も、脇腹や太腿も全部気持ちよかった。いや、彼に触られて気持ちよくないところはひとつもなかった。

（開発されるって、こういうことなのかな）

官能の炎で炙《あぶ》られ、朦朧《もうろう》とした意識の中で、青子はそんなことを考える。青子の皮膚すべてが、彼を感じるためのスイッチみたいだ。

けれど——

「田崎さん、もう……」

「なに？」

「他のところも触って……」

はしたないと思うのに、そう懇願してしまった。彼が触れたのは白い肌ばかりだ。もっと強い刺激が欲しい。胸の先端も、足の付け根も、触れて欲しくて熱くなるばかりなのに。

「オーケイ。すごく美味しそうに熟してるしね」

彼は嬉しそうにそう微笑むと、固く勃ち上がっていた胸の紅い実をそっと食んだ。

「はぁあんっ」

それだけでイキそうになる。

彼はそのまま口に含んだ実を吸ったり舌で転がしたりしながら、左手でもう一つの実を弄り、右手の指をぬかるんだ蜜壺に沈めた。思わずシーツを握り締める。

「あぁあっ、や、はぁあ……っ」

田崎の右手の指が濡れた花弁の中を泳ぎまわり、長い指で淫らな音を立てて掻き混ぜながら、親指で淫粒を潰した。

「ふぁあ、はぁあああんっ！」

腰がうねり、胸を田崎に押し付ける形になった。それでも田崎は三点責めをやめない。

「ダメ、おかしくなっちゃうぅ……っ」

青子はすすり泣きながら懇願する。やめて欲しい。やめて欲しくない。彼自身が欲しい。

「ダメになって、いいよ。甘やかして甘やかして――骨抜きにしてあげる」

熱のこもった声で田崎は囁いた。そんな戯言さえも青子の体を蕩《とろ》けさせてしまう。

「ね、もう……お願い」

「欲しいの？」

「うん」

青子の願いに、田崎は彼女の足を大きく持ち上げて広げると、自らの腰を沈めた。

「あ、ああっ、イい、ん、はあぁぁあ……」

みちみちと反り返った肉塊が青子の中を埋め尽くしていく。待ち焦がれた淫圧に青子の中は激しく絡みついた。田崎が軽く呻《うめ》き声を上げる。

「あン、あ、やだ、イっちゃう……っ」

揺さぶられ、奥を突かれる度に目の前で光がぱちぱち弾ける気がした。

「いいよ、イって」

「田崎さん、田崎さん……！」

彼の名前を呼びながら、青子は一気に上り詰める。

青子の締め付けに、熱い肉棒から精液が思い切り吐き出されるのが、薄い皮膜越しにも伝わってきた。蜜洞をビクビク震わせながら、青子は忘我の極致に囚われる。

はあはあと息を切らしながら田崎の体が落ちて、汗ばんだ肌がぴたりとくっついた。

（どうしよう、こんなに気持ちイイなんて……）

青子は遠のく意識でぼんやりと考えた。

「青子さんの中、ヤバい……。僕の方がダメになりそうだな」

やはり媚薬のような甘い声が、鼓膜を通して青子の体に染みわたってくる。

「田崎さん……」

何と答えていいか分からず、彼の背中を抱き締める。

（元々は顔も知らないお客様だったのに、こんな関係になるなんて。でも……）

間近に迫る田崎の頬に手を伸ばし、キスをする。そうしたかったからだ。

「もう一度、いい？」

蠱惑《こわく》的な極上の王子様顔が、欲望を孕《はら》んだ目で問いかける。

（本当にすごく素敵だった。恋人でもなんでもないのに）

「うん」

（体だけの関係なのに――）

その魅力に抗えぬまま、青子は再び快楽の海へと溺れていった。

1. 掃き溜めに、王子様

掃き溜めに鶴、という諺《ことわざ》が青子の頭をよぎる。

――いやいやこれって、現実としてはゴミ溜めに美形?

正確にはゴミではない。DMや書類、ボールペンやクリップ、脱ぎ捨てた衣類やらなんやらが激しく散乱している室内に、ひとりの男が顔だけを横にして俯《うつぶ》せに倒れている。白いシャツに洗いざらしのチノパンを穿《は》いた、三十歳前後と思しき、やたら整った顔立ちの男だった。

ただし眉間にかなり深い皺付き。単身者向けにしてはちょっと贅沢《ぜいたく》な1LDKマンションの、かなり広めに作られているリビングの入り口付近である。

刑事ドラマなら、殺人事件の現場と言ってもおかしくなさそうな様相を呈していた。

もっとも肩口が微かに上下してるのは呼吸がある証拠だろう。

(……待って。ちょっと待って。えーと、寝てるわけじゃないよね?)

そもそも寝てるだけなら、呼び鈴を鳴らした時点で起きそうな気がするし。

鳴らしても人の気配がなかったから、青子はいつも通り鍵を開けて入ってきたのだった。

（苦しそう？　っていうか、顔が青白いけど毒でも盛られたりしてないだろうな）

想定外の状況に激しくパニくりかけていた青子だったが、このままでは埒《らち》が明かないと、彼の体をつつきながら名前を呼んでみた。まずは現状の確認をしなければだ。

「あの、大丈夫ですか？　えーと、田崎……、さん？」

微妙な問いかけ口調になってしまったのは、彼がこの部屋の主、田崎馨《かおる》であるという確信が持てなかったからである。

この部屋は確かに青子が勤める家事代行会社、『フォレスト』の客である田崎馨の自宅だが、契約は本部の仕事だから青子自身は部屋の主である田崎と面識がない。独身男性程度の情報は聞いてはいるが、基本的に仕事をする上で顧客のパーソナルデータはあまり必要がない。契約は本部の仕事だから、当然ながら顔も見たことがなかった。

彼が仕事で不在の日中に依頼された内容の家事をこなし、鍵を施錠して帰るのが常である。

元々『フォレスト』では、一人暮らしの男性客の場合、原則的に複数名で行う単発作業か不在時の利用しか受け付けていない。女性スタッフが多い都合上、顧客と密室で二人きりになる作業を避けるためである。実際、嫌がるスタッフも少なからずいた。そして本来ならこの時間にはとっくに不在の筈《はず》の田崎（だと思われる男）が、今は部屋の中で倒れているわけだ。

結局呼んでも反応がなかったので、更に恐る恐る近づいてみる。失礼しまーすと囁いて、首筋に手を当てるとやはり脈はちゃんとあった。しかしかなり早い。体も若干熱い気がする。

にしても改めて顔色を見るためによくよく観察したら、嘘みたいに綺麗な男だ。軽くウェーブした栗色の髪に、彫りの深い顔立ち。睫毛《まつげ》も長くて密度が濃い。そして何より縦に長い。横になっているからよく分からないが、恐らく身長は軽く百八十センチを超えるだろう。目を閉じているから確証は持てないが、少なからず西欧の血が混ざっていてもおかしくなさそうな。某テーマパークのパレードで、プリンセスの手を取って歩いていても全く遜色なさそうな容姿だった。

もしかして職業はモデルとかなんだろうか。その割に家にある服は普通のスーツやシンプルな普段着ばかりだが。しかも脱ぎ捨てた状態の。

（こんな綺麗な鶴が、わざわざ掃き溜めになんかいなくてよくない？）

鶴や美形ならもっと相応の綺麗な場所に堂々といればいいではないか。でも王子様に相応な場所ってどこだ？　お城？　お花畑？

そんなことをつい考えてしまったのは、たまたま部屋の片隅に古そうな城の写真が飾ってあったからかもしれない。どこの風景写真なのか、手前には綺麗な花畑が広がっていた。

（はい、現実逃避終了ー。つまりは体調不良で倒れているってことですよね。まあ、十中八九そうだよねー）

青子は頭を抱えながら認めたくなかった現実に観念して、『非常事態発生時は会社にすぐ報告』という基本マニュアルを実行しようと、カバンの中のスマホに手を伸ばす。

しかしその手を、床からむっくりと伸びてきた手が止めた。

「ぎゃっ！」

青子の叫び声に反応し、腕をつかんだ手は一瞬その力を緩めたが、すぐに意志的に再度強く握られていた。

「……君、は……？」

かすれた声で、男が青子に視線を投げる。

（げ、めっちゃ目付き悪っ！）

色素の薄い瞳が三白眼の柄の悪さを強調する。なのに流し目のエロさが半端ないってどういうことだ。不謹慎にも思わず鼓動が跳ねた。

しかし当然ながら彼はそんな青子の動揺に気づく筈もなく、億劫《おっくう》そうに目を閉じる。

（――ってか、そんなにしんどいんだったらまずはその手を離してくれ！）

「家事代行サービス『フォレスト』から来ました。江利宮《えりみや》です。本日は定期コースご依頼の日だったので……あの、」

そう言って鞄の中からスタッフ証を取り出そうとしたが、それを見る元気もないらしい。

「悪いが……今日はキャンセルしてくれ。勿論《もちろん》代金はいつも通りでい、い――」

それだけ言うと、青子の腕を掴んでいた手がずるりと床に落ちていく。

「へ？　田崎さん⁉　あの⁉」

　確かに不在時じゃない場合の作業は基本不可だし、急な休みで依頼者からキャンセルが入ることはたまにある。が、この場合『はい。そうですか』と言って帰るわけにはいかないだろう。

　主に人道的に。

　倒れている本人が放置しておいてくれと言ったからって、その通りにして悪化したり、最悪の場合が起きたりしたら寝覚めが悪い。

「え〜〜〜〜〜〜……？」

　青子は田崎に負けず劣らず眉間に皺を作ると、改めて鞄からスマホを取り出し、会社の番号をタップした。彼は今度は目覚めなかった。


「あー、脈は正常、熱は微熱、瞳孔異常なし。低血糖の兆候があるから、恐らく過労と栄養失調ってとこですねえ」

「はあ、ご足労かけてすみません」

　救急隊員相手に、青子は精一杯しおらしい声を出す。

　１１９に連絡したのは、会社の上司と相談した結果だった。やはり素人判断では怖い。

　電話口で色々確認させられた時点で脳や心臓の異常ではなさそうだということは分かっ

たが、できれば直接医療の心得のある者に診てもらいたかった。

上司の琴原《ことはら》も駆けつけると言っていたから間もなく来るだろう。

「で、どうしますか？　まずは栄養と休養ですが、家でそれをやってから改めて病院の検査でもいいですし、このまま受け入れ先の病院を探して点滴入院も可能です」という救急隊員の提案に、ぜひ！　と言おうとしたのを止めたのは、意識が戻ったらしい田崎の低い声だった。

「……その必要はありません。もう少し休んで何か食べれば大丈夫なので」

「田崎さん！」

思わず青子が大声を上げると、鼓膜に響いたらしく田崎の眉間の皺が深くなった。

しかし倒れていたことで多少の休養はとれたのだろうか、田崎ははっきりした意識を感じさせる言葉で救急隊員に言った。

「お世話になってすみません。でも問題はないので、このままお引き取りを」

そのまま起き上がろうとしてよろけるのを、慌てて救急隊員が支える。しかし、田崎はそのまま再び意識を失ったようだった。支えていた隊員がもう一人いた隊員と「どうしようか」と困ったように視線を交わす。

問題ない？　この状況で？　できれば連れて行ってほしい、というのが青子の本音だった。

しかし本人にその意思はないと来た。青子は三秒考え、一度だけ深い溜め息を吐く。

「あのー……」

小声で切り出した青子に、二人の救急隊員が顔を向けた。

「ご本人がそう言ってますし……もしよかったら、食事の世話くらいは私ができますので」

そう言った途端、二人はホッとした表情を浮かべる。つまりどうしても入院させるほどの緊急性はないということだ。

「でもご家族ではなく家事代行会社の方なんですよね？　こんなことをお任せしても？」

「あ、もちろん医療行為はＮＧですけど、食事の支度なんかは業務範囲内なので、その程度でしたら。じきに上司も到着する筈ですし」

「まあ、それなら……」

実際、搬送先を探すのも大変なのだろう。特にここ数日急に暑い日々が続いて、熱中症患者の搬送も増えていると聞く。緊急性の低い彼を運ばせるのは申し訳ない。

「じゃあすみませんが、――江利宮さんでしたっけ？　よろしくお願いします。何かありましたらまたいつでも連絡いただいて構いませんから」

「はい、ありがとうございます」

ついでにと、彼らは田崎をベッドに運んでくれた。救急隊員が帰るのと入れ替わりで、青子の上司であるコーディネーターの琴原が汗を拭きながらやってくる。

「遅いですよ、琴原さん！　もう救急の人、帰っちゃいましたけど」

既に四十代半ばを過ぎている琴原は、女性ばかりのスタッフを扱っているせいか、どことなくおばちゃん的な雰囲気を持つ小太りの男性である。ゆるキャラみたいな丸い顔と広がりつつある額を汗だくにして、謝罪を口にする。

「ごめんごめん、出がけに別件でクレームがあってさー。で、田崎さんは？」

「寝室で寝ています。とりあえず安静にしていれば大丈夫みたいで」

青子がかいつまんで状況を説明すると、琴原は人のよさそうな顔を縦に振って頷《うなず》いた。

「で？　江利宮さんは？　この後どうするの？」

「一応、救急の人に見ますって言っちゃったんで、もう少し様子を見ようと思ってます。今日、まだ全然仕事をしてませんし」

ざっと床の上は片付けたが、洗濯も掃除も全く手つかずのままだ。

「あー、でも……」

琴原の顔が心配そうに曇る。田崎と二人きりになるのを心配しているのだろう。

「大丈夫ですって。相手は病人なんだから襲われるってことはないでしょうし、様子を見て問題なさそうならそれで失礼しますから」

正直、念のためにと琴原がいてくれても却って作業の邪魔になる。琴原の時間ももったいない。

「そう？　江利宮さんがそう言うなら……でも何かあったらすぐ連絡してくださいね」

琴原も病人を放置するのは躊躇《ためら》いがあるようだ。青子の提案に渋々といった顔で頷いた。

「あと一応これ。もし買い物の必要があったら使ってください。経費としてちゃんと請求するから、領収書も貰っておいてね」

医療品や食料品等を購入した場合、ということだ。

「わかりました」

お札が一枚入った封筒を受け取って琴原を送り出すと、青子は改めて掃除にとりかかった。


多少強引な形だったとはいえ、この部屋に居残ったのは仕事をしたかったからだ。散らかりまくった部屋を目の前にして、そのまま何もせずに後にするのは耐えがたかった。

琴原がマンションを出て行った後、田崎が眠っているのを確認すると、青子はいつも通り、あちこちに落ちている衣類やタオルなどを拾って洗濯から始めた。汚れた食器は流しに集め、DM封筒や書類関係はまとめてテーブルに置き、ざっと全体の埃を払って床に掃除機をかける。

（あー！　床に雑多に積んである通販のダン箱が邪魔！　中身が空だったら全部潰してまとめられるのに、まだ開けてもないし！）

それがすんだら水回りだ。台所や風呂、洗面所、トイレを一通り磨き上げたら、洗濯機が止まる音がした。タオルや下着類は乾燥機に放り込み、それ以外を軽くさばき、手際よくハンガーにかけていく。今日は天気がいいから、ベランダに干せばすぐ乾くだろう。

洗濯物を南向きに並べて干していると、視線を感じて振り向く。

リビングの入り口に凭《もた》れ、気だるげに田崎が青子の方を見ていた。

「今日はキャンセルと言った筈ですが」

やはりあまり機嫌の良さそうな顔ではない。

「すみません。うるさかったでしょうか」

なるべく音を立てないように作業していたつもりだが、それでも無音というわけにはいかない。起こされたので不機嫌なのだろうか。でも顔色はかなり良くなったようだ。

「うるさかったわけでは……」

そう言いかけた田崎の腹のあたりから、ぐうと大きな音が鳴った。田崎の顔がぎょっとして、慌てて腹を手で押さえる。心なしか、彼の頰が赤くなった。

青子は吹き出しそうになるのを堪えて、なるべく平静な声で訊いた。

「何か作りましょうか。もしくは近所で、すぐ食べられそうなものを買ってきますが」

流し付近を片付けた際、食料品を殆《ほとん》ど見かけなかった。水や炭酸水、アルコールといった飲み物のペットボトルや缶ばかりである。普段からあまり買い置きをしないのか、たまたま備蓄が切れていたのか、どちらにせよ栄養失調が頷けるキッチンだった。

田崎は帰れといった青子に何か頼むのをしばらく躊躇っていたようだったが、現状やむなしという結論に辿り着いたらしく、いかにも不承不承といった様子で「それじゃあ」と青子にいくつかの買い物を頼む。青子はしっかりメモをとってエプロンを外した。

「よかったら買い物の間、シャワーをどうぞ。もう掃除は済んでいるので綺麗ですし、汗をかいていらしたようだからすっきりすると思います」

余計なことを、と嫌がられるかと思ったが、意に反して田崎は「そうします」と素直に頷く。

起きているところを改めて見ると、やはり田崎は美形だった。綺麗というだけでなく上品さを感じさせる顔立ちはもちろんのこと、手足が長く体のバランスがいい。

（やっぱモデル？）

思わず見惚れぬよう注意して、青子は買い物に出た。

田崎が指定した、香ばしい匂いが店頭から漏れるブーランジェリーで胚芽ブレッドを一袋、輸入食料品店でチーズと冷凍のスムージーや真空パックのソーセージ、レトルトのリゾット等々。最後にスープバーのテイクアウト用ミネストローネをラージサイズで一つ、指定の店が近所でよかったと、重たくなった荷物を丁寧に抱えて田崎のマンションに戻った。

「悪かったですね」

青子に勧められた通り、シャワーを浴びたらしき田崎がタオルを首に巻き、前髪に水を滴らせて出迎える。やばい。セクシー度更に三割増しだった。

「いえ」

言葉少なに答えて、青子は買ってきた物を田崎に渡す。

「江利宮さんも良かったら一緒にどうぞ。もうお昼過ぎているし」

確かに救急車を呼んだりなんだりで、通常の定期作業の時刻はとっくに過ぎている。本来なら正午には終わる予定だった。

「いえ、私は――」

「一人だと食べづらいので、よかったら」

「あー……」

それは確かにあるかもしれない。本来ならば「私はこれで」と帰るべきなんだろうが、できれば食事を摂るところは見届けたい。一応救急隊員にそう言った手前もある。

「それでは少しだけ」

軽くトーストしたパンと温め直したスープが、リビングのローテーブルに並べられた。ライムグリーンのカフェオレボウルによそわれた、ミネストローネの赤が映えて綺麗だ。

「江利宮さん、紅茶でもいいですか？」

「あ、私が淹れましょうか」

立場的には田崎の方が客なのだ。気を遣わせては申し訳ない。そう思ったが、田崎は一向に気にする気配もなく、マリアージュフレールの黒い缶を優雅な手つきで開けている。

ティーポットにお湯を注いだ途端、紅茶のいい香りが漂った。

「客用の食器がないので、僕のマグカップですが」

「……恐縮です」

ぽってりとしたフォルムに濃紺のそのカップは、美濃《みの》焼だった。洗い物をする時に、割らないよう気を付けている逸品だ。

食に関することには色々こだわりがありそうなのに、どうしてこの人栄養失調なんかで倒れてるの？　逆にこだわりが多すぎてファストフードとか無理なタイプ？

そんな疑問が青子の頭に浮かんだが、直接聞けるほど親しいわけではない。

午後の明るい日差しの中で、二人は殆ど言葉を交わすことなく黙々と目の前の食事を平らげた。

「食器は洗っておきますから、田崎さんはもう一度横になってください」

「いや、しかし……」

「洗濯物ももう乾きそうですし、それを取り込んだら鍵を施錠して失礼しますので」

「……」

「差し出がましいとは思いますが、もし落ち着いたら一度精密検査を受けた方が、と救急の方が仰ってました」

にっこり微笑み、だから病人は病人らしく休んでいてくれ、と言外に込める。

それが伝わったのか、田崎は存外素直に「わかりました」と言って寝室に入っていった。

青子は田崎に告げた通り、手早く汚れた食器を洗い、洗濯物を取り込んで片付けると、エプロンを外して帰り支度にかかる。作業報告書はいつも通りの作業内容を書き、最後の通信欄にだけ、いつもと違う言葉を書き入れた。

『御多忙かと思いますが、どうぞ御自愛ください』

複写式の一枚を外し、顧客用のフォルダに収めると、もう一度寝室のドアを小さくノックした。

返事がなかったのでそっと扉を開けると、薄暗くした部屋のベッドの上で、田崎が仰向けに寝ている。どうやら熟睡しているようだ。

このまま寝かせておいた方がいいだろうな。そう思いながらも一応顔色を確かめようと忍び足で部屋に入り、彼の顔のあたりに屈みこんだその時だった。

長い腕が伸びてきて、青子の体を捕まえ、自分の体の下に抱き込んだ。

へ？　と思う間もなく、そのまま形の良い唇が近付いたかと思うと、青子の唇に重ねられる。

「⁉　～～～～～～～っ！！！！」

青子は逃れようとするが、彼女を抱き締めた腕は力強く、ぴくりとも動かなかった。合わさった唇から、無理矢理舌が差し込まれ、口蓋を舐められる。避けようとした舌が捕まって深く絡み合った。

（あ、うそ……）

息苦しさと濃厚な雄の匂いにくらくらし、そのまま溺れそうになる。が、ふと田崎の腕から力が抜けた。青子が思わずぎゅっと閉じていた目をそうっと開けると、田崎は上半身を彼女から離し、呆気にとられた顔で見下ろしていた。

「あ？　えーと、……江利宮さん？」

どうやら状況がよくわかっていないらしい。

ようやく「あ」という顔をすると、青子の上から飛びのいた。

「すまない。間違えた」

（――間違えたって、彼女かなんかと？　つまり寝ぼけたってこと？）

「間違えたじゃないっ!!」

思わず高速で平手が飛ぶ。ばちんっ！　という小気味いい音を立てて、田崎の頬が鳴った。

青子の肩はぶるぶる震え、顔は真っ赤に染まり、来ていた白いシャツはクシャクシャになっている。田崎は再び「すまなかった」と謝罪した。

（――落ち着け。たかがキス一回。別に生娘じゃないんだし、向こうだって間違えたんだから、ただの事故！　これくらいで慌ててどうするの！）

「……とにかくっ！　よく寝て食べてしっかり回復してください！　そうすればもうお会いすることもないでしょうからっ！」

頭の中では偶発的な事故だ、大したことじゃないと分かっているのに、感情が追い付かない。やばいキスだった。やばいくらいに気持ちいいキスだった。

初対面なのに、拒否感より気持ち好さが僅かに上回ったことが、青子を大きく動揺させていた。

「お休み中、寝室に勝手に入った私の落ち度でした。田崎さんはもう休んでください。私も失礼します」

さっきよりは落ち着いた声を出せたと思う。イレギュラーな事態になっているとはいえ、田崎はれっきとした客である。しかもあのキスは本人に他意のないただの事故だった。

それまでの田崎は十分に紳士的だったと言える。わざと、ではない。ならばここで『不慮の事故』を理由に自ら顧客を減らすわけにはいかない。スタッフとして、青子の沽券《こけん》に関わる。

ベッドに腰かけたまま、田崎は右手を口に当てて俯いていたので、これ以上の長居は無用と青子がドアに向かった瞬間、田崎が呻くように言った。

「本当に申し訳なかった。不快に感じるのは当然だが、できればここの担当は続けて欲しい」

もし契約を破棄しないのなら、当然スタッフチェンジの可能性が高いと思っていた青子は、予想外の申し出に思わず振り返る。

「どうしてですか？」

顔を上げた田崎が驚いたように目を見開いていたので、青子は何を言われるのかと身構えた。

「君の……江利宮さんの仕事ぶりは気に入っている。今までのスタッフの中で一番満足しているし助かっているからだ。やめてほしくはない」

「！」

　さも当然といった、しかし意表を突く田崎の言葉に、青子は一瞬固まった。仕事ぶりを評価されるのは素直に嬉しい。しかし。

「無理強いできないのは分かってるが……考えてくれると有り難い」

　青子は小さく溜め息を吐く。まだ頭の中は混乱していて、受け止めて咀嚼《そしゃく》する余裕がない。

「とりあえず、今日は休んでください。できれば二度とお客様の家で救急車を呼ぶ羽目にはなりたくありません。それから……」

　それにこんな事故も真っ平だ。青子は自分の右手を左手で握る。田崎の視線が自分に集中しているのがわかって、一度冷め掛けた頬がまた少し熱くなる。

「先ほどは……殴ってすみませんでした」

「いや。君の態度は正しかった」

　そう言って、田崎の目元が少し緩む。ずっと不機嫌にしていた彼の、初めての殊勝な笑顔らしきものを見て、青子の胸がぎゅっとなる。

（やめてよ！　そんな顔されても困るから！）

　強張った顔を見せまいと、青子は頭を軽く下げ「失礼します」と部屋を出た。

　そのまま玄関で靴を履き、叫びだしたいのを我慢しながら、走り出しそうな勢いで『フォレスト』の事務所へと向かったのだった。

「青子先輩、お疲れ様～～。今日は災難でしたねえ」

「げ、梨麻《りま》ちゃん。来てたの⁉」

予想もしなかった、大学時代からの後輩兼友人の姿に、青子は思わず叫ぶ。

「げ、ってなんで？　せっかく午後の斎藤《さいとう》さん、代わってあげたのにぃ」

夕方より少しだけ早い時間、十二階建てのオフィスビルの五階にある会社の事務所に立ち寄ると、今では同僚でもある佐倉《さくら》梨麻が応接室のソファに座って、ペットボトルの紅茶を飲んでいた。

唇を尖らせたふりをする梨麻に、青子は「アハハ」と力のない笑いを浮かべるにとどめる。

基本的に現場スタッフは現地に直行直帰なので、事務所に来ることは滅多にない。普段の連絡は携帯端末で事足りるし、出向くのは溜まった報告書の提出や作業道具等、消耗品の補充をする時くらいだ。青子自身は現場作業以外にも職務を持つ準社員だから現場が無ければ事務所に詰めるが、代行のある日は、作業終了後帰社すると定時を過ぎてしまうため、直帰が許されている。

今日青子が来たのは定時にはまだ少し早かったのと、琴原から預かった一時金を返すためだった。結局買い物はしたが、覚醒した田崎から直接お金を預かったので、琴原の封筒は手つかずだ。

大変といえば大変だったが、今は色んな感情が複雑に入り組んで、説明する気力もなかった。

しかも終了時間が読めなくなったことで、午後からの派遣先への訪問が困難になったため、琴原を通して急遽、梨麻に代打を頼んだ次第である。

「なーんか怪しい……」

梨麻がジト目で青子の顔を覗き込む。

「へ？　なんで？　何が？　何にもないですけど」

平静を装った青子の態度に、梨麻は「まあいいか」と珍しくあっさり引き下がる。

「過労と栄養失調だったんだって、田崎さん？」

「うん。でも、部屋があんなだったから救急の人に強盗事件の疑いをかけられて警察呼ばれかけてさー。何とか免れたけど焦ったよ」

マジである。部屋を訪れた救急隊員たちは、強盗でも入ったのかと顔を引き攣《つ》らせていた。

「にゃはは、あの部屋がカオスなのはいつものことなのにね」

そうなのだ。田崎の部屋の家事は週一で入っているが、前の週、どれだけ片付けても次に行くと彼の部屋はいつも混沌と化している。実はあれが通常運転なのだった。だから青子が驚いたのは、あくまであの部屋に田崎が倒れていた一点のみである。

「まあね、わけを話せば救急の人も珍しいことじゃなかったみたいで……でも一人暮らしだと立証しづらいよね」

梨麻が持ってきた午後の客の報告書を見せて貰いながら、青子もソファに沈み込む。

「梨麻ちゃんも代打ありがとね。助かったー」

「いえいえ。今週、割と暇《フリー》だったんで」

梨麻の本業はライターだ。主にネットに載せる記事を書いているらしいが、まだそれだけでは食べていけないので副業として家事代行スタッフに登録していた。

家事代行の長所は一日二時間からという短期集中な上に高時給なので作業スタッフには主婦のパートが多い。だが主婦は家庭の都合で時間の融通が利かない場合が多いので、遊撃隊《ゲリラ》的に時間の自由が利く梨麻は結構重宝がられている。

「………で、超絶美形だったんですって?」

不意を衝いて、梨麻の目が面白そうにきら～んと光った。

琴原からどうやってその事実を聞き出したかは不明だが、梨麻は完璧に捕食対象を見つけた肉食獣の体勢になっている。

「あーー、そうだね。思ったよりは……?」

青子の目が泳ぐ。——違う。想像を絶して、だ。

「あの田崎さんが、ねえ」

文頭の「あの」に力を入れて梨麻は呟いた。

「そう、あの、田崎さんが、よ」と、青子も「あの」に力を籠める。

実は田崎は『フォレスト』において難客の一人だった。

行くたびに散らかっている部屋、というのは実はそう珍しくない。小さな子供がいる共働きの家庭等なら、ままある光景である。だからこそその代行屋でもある。

しかし田崎はその上でクレームが多かった。

あれだけ散らかしている割に「物の位置が違う」とか「掃除の仕方が甘い」とか細かいクレームが多い。もちろんスタッフとしては万全を期すのが当然だが、元があまりに散らかっているがゆえに作業効率が悪くなるのも事実だ。

床に色々置いてある部屋より何も置いてない部屋の方が、当然だが掃除はしやすい。散らかし魔の田崎の家は、決められた時間にすべてを終わらせようと思うとなかなか厳しい現場だと言えた。それでいてクレームが多いのでは、スタッフの受けも悪い。実際青子が担当になるまではかなりスタッフチェンジがあった。

そんなある意味『フォレスト内有名人』の田崎が、若くて美形だったというのはかなり想定外だったのだ。完全な偏見だが、正直もっと神経質で嫌味そうな歳のいったおっさんだろうというのが、関わったことがあるスタッフ全員の見解だった。

『きっとだから今まで結婚できずに独身だったのよ！』的な。

コーディネーターである琴原だけは、契約の際、田崎と直接やり取りしているから事実を知っていた筈だが、特に何も言わなかった。仕事をする上では直接関係ないからと、素知らぬ振りを決め込んでいたのだろう。

青子は田崎の姿を思い出す。彼は終始不機嫌そうな顔だったが、それが体調不良によるものなのか、あるいは恒常的なものなのかはよく分からない。

救急に連絡した際、確認事項の要請で、額に触れて熱を測り手首に触れて脈を診た。シャツの袖口から覗く骨ばった手首のくるぶしと、シャツの襟元から覗く喉仏。どう見ても異性を感じさせる姿。すごく久しぶりに男性に触れてしまった気がする。

そして――。突発事故である不慮のキスを思い出した途端、体の奥がぞわりと震えた。

（――いやいやいやいやいや。落ち着いて、私。あーでも以前、最後に男の人に触れたのっていつだっけ？　克之《かつゆき》さんは、別れる頃にはもう殆ど没交渉だったから……三年？　四年？　……って、いやいや、ないでしょ。何考えてんの。あのすんごい部屋に住んでる人だよ？　いくら彼が超絶美形で私に男っ気が無かったからって、過剰反応も甚だしい！）

無意識にプルプル首を振った青子を、梨麻が面白そうに眺めている。

「――もしかして田崎さんと何かあった？」

「え？　あ、あるわけないじゃん！　あの田崎さんだよ⁉　ってかお客様だよ⁉」

「えー。お客様だって年頃の男女じゃないですか。田崎さんて一応独身でしょ？」

顧客の男性には単身赴任も少なくない。だが彼は違った筈だ。

「確か、琴原さんはそう言ってた気がするけど……いやいやでもまずいでしょ」

「何が？」

梨麻の天真爛漫な返しに、青子はうっと体を引く。

「いやだって！　だからお客様！　公私はきっちり分けとかないと！」

「そうかな～～～。別にいいと思うけどな～～。別にお客様と何かあったって、青子先輩、仕事はきっちりしそうだし」

「そりゃするけど！」

何かって何？　いやナニですよね。男女関係。

分かってます。それに別に親しくなったからって仕事に手を抜く気はないけど！

「じゃあ、別にいいじゃないですかぁ」

梨麻は面白そうにニヤニヤと青子を見つめる。

「いくない！　……てーか、しばらく男のひとに接する気はないので！」

苦虫を噛み潰したような顔をする青子に、梨麻は大きな溜め息を吐く。

「もったいないじゃん。青子先輩結構綺麗だし、まだ二十八歳でしょ？」

「一応褒めてくれてありがとう。でももう二十八、だってば」

世間的にはアラサー。所属するスタッフの殆どが主婦である『フォレスト』の中では、梨麻と共に若い部類に入るが、花の盛りと言えるかどうかは心許ない。少なくとも自分の色恋的な人生のピークは過ぎた気がしている。二つ年下の梨麻の言動でさえ、時折若いなーと圧倒されるのに。

もちろん三十代や四十代でも若々しい人はたくさんいるが、自分の心はそっち方面が枯れてしまっている気がしてならない。少なくとも積極的にどうこうしようという気はさらさらなかった。

「まだ克之さんのこと引きずってるとか？」

「――今、なんか言った？」

にっこりと、しかし氷点下まで下がった青子の笑顔に、余計な刺激は逆効果と察したらしい梨麻は、それ以上の追及はしてこなかった。

「青子先輩も報告書出しに来たんでしょ？　定時まであとちょいだから、とっとと出して帰りましょ。ここで待ってるから、帰りに飲んでく？」

「うん。ちょっと一杯やりたい気分かも」

大きい帆布地のバッグから仕事用のフォルダを取り出すと、挟んであった作業報告書と預かった封筒を抜いて琴原の席に向かう。一通りの報告をし、労いの言葉をかけられたあと、青子は梨麻と連れ立って繁華街へと足を向けた。

事務所では大きな声で話せないことがたくさんある。

だけど胸の奥に溜まってしまったモヤモヤを、吐き出さないことには落ち着かなかった。

（……いくら事故とはいえ、キスしちゃったって言ったら……梨麻ちゃん、めちゃくちゃ食いつくんだろうなー）

目にいっぱいハートマークを飛ばしながら、パニック映画の鮫並に食いついてくるのが簡単に想像できる。その勢いで笑い話にしてしまうのが一番手っ取り早い解消法だろう。

——もっとも。実は自分も欲情しかけたなんて、酒の力を借りても言えないけどね。

2. 二度と会いたくないって思ってたのは本当なんだけど

「つまり、超絶美形にほだされてやり過ぎちゃったわけだ」

梨麻が飲んでいたいいちこのグラスの中で、氷がカランといい音を立てる。

「ヤってない！　何もヤッてないってば！」

青子はぎょっとして、両手の平を梨麻に向けてぶんぶん振りながら否定する。

「じゃなくて、不必要に世話を焼いちゃったわけでしょ？」

「う、そう言われると身も蓋も無さすぎっちゅーか……」

「でもでもぉ、もし田崎さんが超絶美形じゃなくて頭頂部薄毛系やオーバーウェイトや脂ギッシュなおじさんだったらそこまで面倒見た？」

梨麻の鋭角的なツッコみは容赦がない。

「う、……救急車に押し込んで帰ってたかも……」

ので、ついつい青子も本音を言わざるを得ない。仕事をしたかったのは確かだが、彼の外見が青子の行動に全く影響しなかったとは言い切れない。

「現実って、シビアで残酷ですよね〜〜〜」

梨麻はしみじみと頷くと、砂肝と豆苗のオリーブオイル炒めを口に放り込んだ。青子は是も非も言えずに黙々と枝豆をつまむ。駅前にある安さが売りのチェーン店系洋風居酒屋は、まだピークには少し早い時間らしく、さほど混んではいなかった。

二人が一番奥に陣取ったボックス席には、適当に頼んだ酒やつまみが並んでいる。

「よかったじゃないですか。思い出したくもないほど嫌な思い出にならなくて。これが触れるのも嫌な人との事故チューだったら、たとえ偶発的なものだろうとトラウマになりかねませんよ」

「そ、そうかなあ」

「生理的嫌悪感ってそういうものだから」

断言する梨麻に、モヒートをちびちびやりながら青子は冷静に分析しようと試みた。

確かに知らない男性からキスされ、あまつさえ舌まで入れられたら……かなりぞっとすると思う。感触が蘇るたびに気持ち悪くて、消毒薬でうがいしたくて堪らなくなるだろう。だけどあの時はそうならなかった。むしろ気持ちいいとさえ思ってしまった自分に動揺した。

(なんで？　美形だから？　だって会ったばかりの人だよ？　いくら顔やスタイルがいいからってそれだけでそこまで許せるもの？　確かにフェロモン溢れてそうな人だったけど！)

少なくとも恋愛感情が生まれるほど会話や何かがあったわけではない。と、思う。一応食事は一緒にしたが、その時だってほぼ無言だったし。

——じゃあなんで嫌悪感が沸かないんだ？　そこまで考えてはっとする。

「……キス、上手かったんだよなあ……」

がっちりと体をホールドし、強引に攻め込んできた舌は、それでも繊細な愛撫で青子を翻弄した。

かなり慣れた感じの、余裕の動き。青子は頭を抱え込んだ。

「美形でキスが上手いなんて最高じゃないですか！」

キラキラ輝く梨麻の視線が痛くて、青子の気持ちがますます重くなる。

「梨麻ちゃぁん。私、欲求不満なのかなあ……」

「そりゃあ、まだまだ年齢的に枯れるには早いでしょ。それなりに性欲があってもおかしくないと思うけど。しかも克之さんと別れてからなーんにもないんだよね？」

「う〜〜……」

さも当然といった口調に、青子の落ち込みはますます激しくなった。もちろんそういう欲求が皆無とは言わないし、過去それなりの経験もある。しかし、自分はどちらかと言えば淡白な方だと思っていたのだ。克之と暮らしていた頃も積極的にしたいとは思ってなかったし、別れてからのここ数年も何もなかったが特に不満もなかった。

だけどそれは表面上だけのことだったんだろうか。理性がそう思い込んでいただけで、本当は誰かに抱かれたい、気持ちよくなりたいなんて思ってたんだろうか。それが悪いことではないと分かってはいるが、何となく自分に裏切られたような気がしてしんどい。

「恋愛とか、したくないんだけどなあ……」

「別に恋愛じゃなくたっていいじゃない。恋愛と肉欲は必ずしもイコールじゃないでしょ？」

「う、そうですけど……肉欲って生々しい……」

「生きてること自体が生々しいんですよ。それに恋愛なんて意志的にするもんじゃないから。気が付いたら落ちてるの。まあ、そのシチュエーションに常に自分を追い込めるかどうかも女子のスキル次第だけどね」

梨麻のいうことはいちいち正しい。たぶん。

青子とてもう夢見がちな少女《こども》ではないので、少なくとも現実として、梨麻の言い分が決して間違いではないと理解している。しかし青子自身は恋愛と直結しているキスやセックスしかしたことがない。恋愛感情の伴わない肉体関係がぴんとこないのは致し方なかった。

「いい！　どっちにしろ、もう会うこともないだろうし！」

無理矢理話を終わらせる方向に捻じ曲げる。

会う機会がなければこれっきり。そんな相手のことを考えていても不毛なだけだ。

もちろん仕事として彼の部屋には通い続けることになるだろうが、基本的に不在時作業の客である。しかも過労で倒れるほど多忙ときた。完全に縁が切れることはないにせよ、直接顔を合わせる機会はもうないだろう。

「それでいいの？」

梨麻が小鹿のように黒目がちの瞳を更にまあるく開きながらそう言った。片手に食べかけのスペアリブを持ったまま。

「いいも何も、現実的にそうだって話」

青子はそれ以上話すまいと、親の仇《かたき》のように、鮪《まぐろ》のブルスケッタにかぶりつく。

「青子先輩がそれでいいならいいけどぉ……」

どこか不満そうに梨麻が呟く。

「……なによ」

子供が拗《す》ねたような言い方は、やはり多少酔っているのだろう。今日は色々あって精神的な疲労が著しい。

「理屈でなく感情が動くって、結構貴重だからね。もったいないなーとは思う」

梨麻は淡々とそう言って、指に付いた肉の脂をぺろりと舐めた。

「……！」

胸の奥にあるものをズン！　と強く突かれた気がしたが、それがどういう類の反応なのかはよく分からなかった。内心をごまかそうとグラスに口を付けたら、モヒートはとっくに空になっている。

仕方なく、青子はグラスに沈んでいたミントの葉を口に放り込むと、ほろ苦い香りを咀嚼した。

（――うげ）

心の声が、実際に口に出ていなかったか慌てて記憶をリピートする。

大丈夫。声には出してなかった筈。顔に出ていたかどうかは分からないけど。

もう会わない。会うことはない。そもそも田崎家の仕事を始めて一年余り経つ。その間一度も顔を合わさずにきたのだから、これからもそうだろう。

そう高を括っていたのが間違いだった。なぜこの人が目の前にいるのだ。

「江利宮さん？」

さほど気まずそうな顔も見せない田崎とばったり出会ったのは、『フォレスト』が入っているビルのエレベーターの中だった。午後の仕事を終えて会社に戻った時だ。青子が乗っていたエレベーターの、ドアが閉まりかけたところにスーツ姿の田崎が飛び込んでくる。稀に見る長身美形。当然気付いたのは青子の方が先だった。

「田崎さん、どうしてここに？」

引き攣るな、引き攣るなと思うほどに、青子の頬は引き攣っていたかもしれない。

「先日お世話になってしまったから、改めて御社に謝罪とお礼を、と思ってね」

そういう彼の右手には菓子折が入っているらしい紙袋がある。

「そんな、わざわざそれだけの為にいらしたんですか？」

「わざわざってほどではないですよ。僕が勤める会社もこのビルの八階なので」

「え⁉」

我知らず大声が出てしまい、慌てて口を塞ぐ。そんな青子に田崎は微笑したようだった。

(ちょっと待て!)

やばい。その笑顔はやばい。いつもの(というほど知らないが)不機嫌顔はどうした。そっちでいてくれた方がまだマシなのに!

動転する青子をよそに、あっという間にエレベーターは五階に着いてしまう。田崎は迷うそぶりも見せず、フロアにいくつか入っている会社の一つ、『フォレスト』のオフィスへと歩いていく。会社に用事があった青子も仕方なく後からついていく形になった。しかしオフィスのインターフォンを押す前に、ふと立ち止まって青子の方を振り返る。青子はぎょっとして身構えた。

「やめませんか?」

「へ?」

(何が? 何を?)

主語と目的語を省略されて、意味が分からず間抜けな声が出た。

(やめるって何を? 今、私何かしてたっけ?)

「先日は本当に世話になったし、申し訳ないことをした。でも江利宮さんに僕の担当をやめてほしくないと思っているのは本当です。このまま家事代行の担当を頼んでも?」

「あ、それは――」

なんだ、仕事の話か。それならやめたいとは思ってない。そもそもクレーマーの田崎の家は皆やりたがらないので、やめにくいし。とはいえできれば二度と顔を合わせたくなかったが。

「……一応、継続の予定です」

「そうか。よかった」

青子の肯定的な答えに、田崎は上品に唇の端を上げて白い歯を見せる。

(だーかーらー！　笑顔とか！　本当にやめてほしいんですけど！)

「じゃあ、後で」

「は？」

言葉の意味が分からないまま固まる青子をよそに、田崎はさっさとインターフォンに来訪の旨を告げ、『フォレスト』のドアを開けて入っていった。

(何？　あの人、後でって言った？　後でっていつだ？　っていうか、後で何するの？　だって、仕事中は不在なんでしょ？)

本人に聞かなければ分からないと気付くまで、青子はしばらくその場に立ち尽くしていた。

「だからなんでこんなことになっているのかがよく分からない……」

その数時間後、やはり憮然《ぶぜん》としたまま青子が座っていたのは、小洒落たレストランの一席だった。基本はコース料理だがアラカルトもあり、さほど高級というわけでもなさそうで、カジュアルな服装のままでも特に違和感はない。

「あれ？　ちゃんと説明したと思いますけど。お礼とお詫びも兼ねて一緒にお食事をと」

「いや、それは聞きましたけど！」

『フォレスト』の社長に挨拶を終えたらしい田崎は、オフィスから出てくると彼を待つともなく動けなくなっていた青子を、先日の件でお礼とお詫びがしたいと食事に誘った。

しかし断った筈だ。これ以上なくきっぱりと。

「だって、そこまでして頂く理由はないですし！」

青子としては、あくまで仕事の一環だった。もっとも病人の世話という項目は、『フォレスト』の業務にはないのだが、袖擦り合うも他生の縁的に、可能な範囲で家事を行っただけだ。

「でも、世話になっておきながら意に沿わないことをしてしまった訳だし」

「わーーーーっ、それについてはもう忘れましたから！」

「青子先輩、店内ですよ。声大きい」

「梨麻！　そもそもあんたが……っ」

そうなのだ。オフィスの前で食事に誘われ、完拒否の姿勢でいたにも関わらず、なぜか狙いすましたように（本人曰く『偶然ですよう☆』）とそこにやってきた梨麻が、如才なく自己紹介を済ませた後、おっとりとした声で田崎に『青子先輩の予定が狂ったのを、フォローしたんだから私もお礼をして頂く権利、ありますよね？』と微笑んで見せたのだ。

初対面の美形相手にディナーをご馳走させるのを躊躇わない辺り、怖いもの知らずの梨麻らしい見事な女子力と言えた。

『それに青子先輩は男性が苦手だから、マンツーマンだと絶対行くって言いませんよ？』

別に苦手な訳ではないと言いたかったが、それで田崎が引き下がってくれればと我慢する。

しかし田崎は怯《ひる》むことなくスマートに梨麻にも微笑んだ。

『そういうことでしたら、佐倉さんもぜひ』

なぜだろう。別に打ち合わせていた訳でもないだろう初対面の二人の筈なのに、まるで結託していたかのように両サイドから追い詰められていく気がするのは。

結局断ろうとする青子を尻目に、二人はさっさと待ち合わせの時間と場所を決めてしまっていた。それならば二人で行けばいいと言ったのに、『だって一番の功労者は青子先輩だしぃ』と押し切られた。

『ご迷惑ですか？　もしくは江利宮さんが僕と食事をするのを、不快と感じる特定の男性が？』

そんなのはいない。ちらっと克之の顔が頭を掠《かす》めたが、あれはもう関係ない。

『じゃなくて、一応田崎さんはお客様なので。個人的なお付き合いはまずいと思います』

最後の切り札を使ったつもりだったが、それもあっさり封じられた。

『一応、上司の方に許可は取りました。本人の同意があれば、プライベートは関知しないとのことでした』

（琴原さんのバカ！　関知してくれて良かったのに！）

『それに栄養を摂るためにちゃんとした店で外食をしたくても、一人だとなかなか難しいんですよ。美味しい店を知っているので、よかったらぜひ。もちろん嫌がるようなことは一切しないとお約束します』

それは……、しないと思うけど。梨麻も一緒なら尚更？　いやいやそういう問題じゃなく、単にあなたの顔を見てたくないだけなんですけど！

とはさすがに言えないのが痛い。かくして夜の七時。青子は田崎や梨麻と共に、路地裏にある隠れ家的な小さなビストロに座っていたのだった。

それにね、と言い足したのは梨麻だった。

「仕事のネタにいい店の情報はひとつでも多くとっときたいんですよ。お願い〜〜〜」

本業がライターの梨麻は色んな記事を書いているが、ネット上にお勧めの店やトレンド情報なども載せているらしいから、これはあながち嘘ではないだろう。両手をお祈りの形に組んで瞳を潤ませながら見つめられたら、脱力して拒否る気力が萎えたのもあった。

とはいえ、田崎が美味しいと勧めるだけあって、その店の料理はどれも美味しかった。

メニューにはリエットや子羊のロースト・クスクス添え、ラタトゥイユ、シュークルートやコンフィなど、素朴だが手間はかかっていて滋味豊かな料理が並んでいる。

ワインリストも品揃えが良く、最初は渋々といった体だった青子も、「美味しい～」を連発する梨麻に釣られて、ついつい食とワインが進んでいた。そんな二人を面白そうに眺めながら、田崎も運ばれてきたメイン料理を綺麗に完食している。ちぎったパンで残ったソースを拭う手が綺麗だ。

（あー、でもやっぱりこだわりが強いというか……意識高い系？）

普段の食事も美味しいものしか食べたくないから、ついつい時間がないと抜いちゃうとか、そんな感じ？　いやしかし、それで栄養失調ってのもなんだかなー。

梨麻のおしゃべりに相槌を打ちつつ、田崎をチラ見して青子はそんなことを考える。

いやいや、この人のことなんか考えちゃダメでしょ。今日の食事はお礼。今夜が終われば終了。今まで通り、ちょっと口うるさい顧客と雇用人に戻るだけだ。

梨麻の鞄から呼び出し音のメロディが流れ出したのは、そんなことを再決意していた時だった。

「ちょっとごめんなさい。……あ、はい、佐倉です。はい、はい、…え？　いやそれってでも……、あー、分かりました。今出先なので、急ぎ戻り修正します。はい。はい。十一時までですね、分かりました」

背を向けて声を潜めていても、焦ったやり取りなのは感じ取れる。梨麻は通話を切ると深い溜め息と共に言った。

「ごめんなさい、田崎さん、青子先輩。仕事に戻らなきゃなんなくて……悔しいけど、本当に本当に悔しいけど！　デザートはお二人で食べて下さい」

「あ、じゃあよかったら佐倉さんの分だけテイクアウトにして貰いましょうか」

「え？　マジですか！　きゃー、嬉しいです。今日は本当にご馳走様でした！」

箱に詰めて貰ったデセールを大事そうに掲げ持ち、梨麻は店を出ていく。まさかこの段階で「じゃあ私も」と帰るわけにもいかず、青子は田崎と二人、取り残されることとなった。今まで殆ど青子と梨麻が（と言うか八割方梨麻が）話していたので、卓上の音源は半分以下になる。

「あの、今日は本当に美味しいものをありがとうございました」

美しく盛られた、ピスタチオクリームと季節のフルーツを挟んだパリブレストに思わずうっとりしながら、青子は田崎にお礼を述べる。鮮やかな緑のクリームは充分濃厚なのに、見た目より甘くなくてさっぱりしている。

「喜んで貰えたのなら良かったです。佐倉さんのフォローで多少無理矢理だった感もあるから、美味しいと言って頂けてちょっとホッとしました」

「あー……」

梨麻の参加表明は青子を引っ張り出すためだと、やっぱり気付いていたらしい。

って言うか、梨麻のラス逃げも予定内じゃないでしょうね。一緒に飲んだ時に「もったいない」とか言ってたから、仕事電話を仕込んでたとか。

彼女だったらそれくらいやりかねない。ぺろりと舌を出す梨麻の顔が目に浮かぶ。

「彼女、悪気はないんですけど……」

「いえ、観察眼が鋭く、発想が豊かでとても面白い人でした。いいご友人をお持ちだと思います」

「そう言って頂けるとホッとします」

「でも――」

「はい？」

青子は何を言われるのかと一瞬肩が強張る。

「佐倉さんの言ったことは本当なんですか？　その、――江利宮さんが男性が苦手、というのは」

まっすぐ見つめられて狼狽《ろうばい》した。しまった、二人っきりでは逃げ場がない。しかも食事中ワインが進んでいたから、頭の回転も鈍くなっている。

「普通にお話しする分には、大丈夫、だと思いますけど」

それで？　と、田崎は視線で促してくる。

え？　これで終わりじゃダメ？

「ただその、……恋愛とか、する気がないので、誤解を招くようなことは避ける傾向があるかもしれません」

遠回しに個人的なお付き合いはごめんだと、これでちゃんと伝わっただろうか。

田崎は少し考え込む顔をすると、すっと顔を上げて言った。

「奇遇ですね。僕も恋愛にはあまり興味がありません。でも……江利宮さんには少し興味がありました」

「へ？」

「そうだな……それまでの方と比べて、物の片づけ方がちゃんと論理立っている。報告書も字が綺麗で文章も簡潔で読みやすい。頭のいい方なんだろうな、と漠然と思ってました」

「！」

突然思ってもみなかった方向から褒められて、思わず赤面して俯いてしまう。

そう言えば、倒れた彼を見つけた日の、帰り際にもそんなことを少し言われた気がする。

「だから……正直もっとベテランで年上の方かと思ってたんですよ。思っていたより若い方で、それに最初びっくりしました」

田崎はそう言うと、思い出したように口の端を上げて笑った。

「あの、それは……、恐縮です」

お互いに実際の人物像を誤解していた訳だが、一応褒められたと思っていいのだろう。

若い割には仕事がちゃんとできている、的な？

「――誓って言いますが、あのキスは事故です」

「あ、それは、もう……！」

正直触れてほしくない部分だった。無かったことにして忘れたい。そうすれば今まで通り仕事に専念できるだろうし。

「不遜を承知で言うと、この外見で多少女性にはモテます。でも恋愛が絡んだ付き合いになると、どうも僕のとっつき難さが仇になるらしく長続きはしない方で、そうすると割り切った付き合いの方が多くなります」

「はあ」

あー、恋愛には向いてなさそうなの、何となくわかる。基本的に意識は高いしスマートだけど、相手に合わせることはあまりしなさそうだ。しかし彼の恋愛事情を聴いても青子には意味がない。

「それにほぼ、ご存知の通りの部屋の状況なので、人を部屋に呼ぶのは江利宮さんが来てくれた日の夜か翌日くらいに限られます」

「あー……」

そりゃあねえ、マリアージュフレールを美味しく淹れられるような美形でも、散らかった部屋に人は呼べないわなあ。それこそ恋愛感情があって片付けてくれる女性なら別かもしれないが。

「まあそんなわけで、あの日は寝入った感覚の狂いで、あなたをほかの女性と間違えたわけです」

「あの、それはもういいですから。充分謝罪して頂きましたし――」

「本題はここからです」

「は？」

青子の戸惑う声に、田崎は頬杖をついてにっこり微笑む。

「抱き締めてキスした時の、反応が予想と違うことで僕は人違いに気が付いた。慌てて体を離すと、真っ赤になって怯えているあなたがいました。思いもしなかったミスにあれは相当焦ったな」

（そんなこと、冷静に分析するな！　焦ったんならもう少し申し訳なさそうな顔をしなさいよ！　っていうか、あの時の生々しい話は本当にこれ以上マジ勘弁して！）

そう思うのに、水面に顔を出した金魚のように口はパクパクと動くだけで声が出てこない。

「でも焦る反面、心のどこかでこの人可愛いな、とも思っちゃったんですよね」

——真っ赤になって怯える顔が？

「バカ！　変態！」

辛うじて音量は抑えた。店の中じゃなかったらもう一度ひっぱたいていたかもしれない。いや、ワインを頭からぶっかけるくらいしても良かったかもしれない。

「お話がそれだけでしたらもう失礼します。スタッフもやっぱりチェンジしてもらった方がよさそうです。もう二度とお会いする気はありませんので」

立ち上がろうとした青子の腕を、田崎が咄嗟《とっさ》に掴んだ。

「恋愛に興味がないなら、むしろ恋愛感情はなしで結構です。僕と付き合いませんか？」

何を言ってるんだ、この人？　青子は思わず鼻白む。

「田崎さんがお付き合いしている女性たちの中の一人として？」

「彼女とはもう別れました。どちらにしろもう終わりかけていたので。さすがに複数同時に付き合うほど暇ではないし、一応僕なりの誠意もあるつもりです」

——恋愛感情抜きでの付き合いに相当する誠意ってなんだ？

「お断りします」

低く押し殺した声で、でもきっぱりと青子は言った。田崎が自分にモーションをかける意味が分からない。可愛いと思ったってどこが？　泣きそうな女を見て征服欲が湧いただけでは？

そんな男のはけ口になるのなんか真っ平ご免だった。振り回されるのが目に見えている。

仕事内容を褒められて浮かれた自分を呪いたかった。

「——わかりました」

田崎は静かに答えると、立ち上がって会計に向かう。さっさと先に帰りたかったが、美味しいものをご馳走になったのは事実だから、礼を失するのは躊躇われて入り口で待つ。

「タクシーを拾うか、駅まで送ります」

「結構です」

吐き捨てるように言って、青子はすたすたと歩きだす。

「ここは人通りが少ない。女性一人で歩かせるわけにはいきません」

田崎は慌てて追いかけてきた。

「田崎さんといる方がよほど危険だと思いますが」

「無理強いはしないと言いました。でもひとつだけ正直に答えて欲しい」

「……」

聞きたくない。そう思ったが遅かった。囁くような声に、艶が帯びる。

「あのキス の時、江利宮さんも感じてたよね?」

「最っ低──っ!!!」

やっぱり殴ってやる、そう思って振り返った途端、強く抱き締められて怯んだ。

「無理強いは、しないって言ったじゃないですか……っ」

抱き締めていた田崎の腕からふわりと力が抜ける。確かにこれならもう簡単に押し退けられるだろう。近寄ってくる彼の唇からも。そう思うのに、できなかった。

「ええ。だから逃げて構いませんよ」

薄暗い路地裏の、壁に凭れる格好で唇が合わさる。湿った唇の感触に一瞬で脳が溶けた。

(──あー、やっぱ体に裏切られたな)

そんな苦い思いが頭の隅をよぎったが、唇の感触の心地よさにあっさり消えた。

本当はこの人と、もっとキスがしたかった。あの時の続きを、もっと──。

田崎の舌が、青子の唇の輪郭をゆっくりと撫でる。甘やかすような、じれったい感触に、青子は自ら舌を突き出した。柔らかい舌はあっという間に捕らえられ、ピスタチオクリームとエスプレッソの香りが絡み合う。いつの間にか、青子の腕は田崎の背中に伸びていた。

長身の彼にしがみつくように、めいっぱい爪先立ちになっている。

危うい青子の重心を支えるように、田崎の腕が彼女の腰と背中を押さえていた。

ちゅ、ちゅく……。

何度か顔の角度を変えて、唾液が絡み合うようなキスを繰り返す。

色素の薄い田崎の瞳の中で、青子の目が気持ちよさそうに潤んでいる。

「……あの時は、処女みたいに初々しかったのに」

「無理矢理されたんだから当たり前です！」

「今回は違う？」

揶揄《からか》うような、嬉しそうな顔に腹が立つ。絶対この人、分かってる。あの時青子が感じていたことも、今、この場で感じていることも。

「悔しいから噛みついてもいいですか？」

腹立ちまぎれにそう言ったら、田崎はくしゃりと笑った。

「見えないところでよかったら」

「本当に最低」

「最高だと思われるより数倍マシです」

憎らしくて蹴とばしたかったが、生憎立っているのがやっとである。

「うちに、来ますか？」

耳元で囁かれ、背筋がゾクゾクした。溺れそうになる恐怖と期待が、じわじわと体中を侵食している。からからに渇いた口が、勝手に言葉を紡ぎ出していた。

「部屋はまだ綺麗？」

あれから三日経っている。散らかった部屋で抱き合うのはさすがに嫌だった。

田崎はくるりと目を回すと、おどけた声で言った。

「寝室とバスルームは、まだ一応」

それ以外はやばいわけね。でも仕方ない。今日はそれで手を打つか。

なんせ、田崎のベッドはアイリッシュリネンのアッパーシーツに、柔らかなオーガニッククコットンのガーゼケットだ。下手なホテルより物がいい。

「……連れて行って」

悔しいけど、今はそれしか言えなかった。


マンションに入るまで、やっと捕まえた獲物を逃がすまいとするかのように、ずっと指を絡める形で手を握られていた。玄関を入った廊下の、すぐ左手に寝室がある。

覆い被さるようなキスをしながら青子のワンピースを脱がせ、田崎は彼女を優しくベッドに横たえさせた。そのまま自分は着ていたオックスのシャツを脱ぎ捨てる。

やや痩せ過ぎのきらいはあるが、田崎の肢体はやはりとても綺麗だった。石膏《せっこう》像のように肌が滑らかで、均整がとれている。

「江利宮さんの欲情している目、いいな」

青子の体に重なりながら、田崎は嬉しそうにそう言って首筋に唇を落とす。

「ん……っ」

くすぐったくて、それ以上に気持ちよくてぞわぞわする。

「仕事の時はどちらかと言えばクールな感じだったから、そのギャップがいい」

「そ、んな……」

「どんな体位が好きですか？　よほどアクロバティックなのじゃない限り、ご要望に応えられると思うけど」

キャミソールの肩紐をずらして、鎖骨に口付けながら田崎は言った。

「本当に……慣れてらっしゃるんですね」

半ば本気で感心して、青子は少し怖くなる。克之とはほぼ正常位ばかりだったから、他の複雑な体位なんて知らない。

「まあ、若い頃はそれなりに飢えてたし、好奇心もあったからね」

今はそれほどでもない、ということだろうか。確かに過労で倒れるくらい多忙な人間が、女性にかまけている時間もそうないだろう。

「あの、私は——」

何と言っていいか分からず口ごもると、田崎は青子の顔をじっと覗き込み、ふっと優しい笑顔を見せて言った。

「そうだね、お互いが初めてだからゆっくりやろうか」

なんか、本当に手馴れている感が微妙にむかつく。が、今はそれより彼に触れたかった。

彼の唇に右手を伸ばし、輪郭を指でなぞる。田崎は青子のそんな手を取って、指先を口に含んで舐めた。ちらちらと見せる舌の動きが、蛇のように色っぽい。

しゃぶられている指先から、媚薬が流れ込むように血液がざわざわと躍りだす。

「俺のも、舐めて」

そう言って、田崎は自分の指先を青子の口元に差し出した。言われるがまま、太い男の指を口の中に含んで舐める。少ししょっぱい。しかしそれだけで、自分の体温が上がっていくのが分かった。指だけじゃ飽き足らず、左手で彼の右手首を摑むと、手の平にも舌を這わせる。

合間に視線が絡むと、田崎も欲情しているのがわかる。どちらからともなく体を引き寄せて、強く舌を絡め合うキスをした。ぬちゃぬちゃと、唾液の音が煽情《せんじょう》的に耳をくすぐっていく。

田崎の手がキャミソールとブラジャーを器用に胸の上まで捲《めく》りあげると、青子の胸の頂

はツンと固く立ち上がっていた。大きな手がその胸を掬うように持ち上げ、固く尖った乳首に田崎が吸い付く。

「あぁ………んっ！」

突然もたらされた強い刺激に、青子の背が僅かに反った。田崎は更に強く吸い上げたかと思うと、舌先でつついたり、巻き付けたりして青子の胸を味わっている。

「あ、田崎さん、あ…、あ…ぁん、……んんっ」

怖いほど気持ちよかった。腰がびくびく跳ねそうになるが、田崎の体に押さえつけられていて震えるしかできない。きっと青子の反応は田崎にも伝わってしまっているだろう。田崎は指先と唇で左右交互に青子の胸を可愛がる。その度に喘《あえ》ぎ声が止まらなくなった。

「感度、いいな」

感心したような声が漏れ、青子は羞恥にまみれて頬を染めた。

「そんな――」

否定したいと思うのに、体が感じすぎている自覚もあって余計に恥ずかしくてできなかった。

「だって、ほら……」

ショーツの中に差し込まれた手は、はしたないほど濡れた音を立てている。

「や……っ」

「逃げないで」

思わず身を引こうとする青子をとどめ、田崎の指が青子の陰唇に忍び込んだ。

「ぁ……、あぁっ、や、ぁああん……っ」

潜んでいたクリトリスを探り当てられ、強く弄られて頭の中が真っ白になった。軽くイってしまったらしく、ビクビクと小刻みに体が震える。

「一度、挿れちゃってもいい？」

田崎も堪らなくなってきたらしく、そう聞いてきた。声の出し方も忘れた青子は、小さくこくんと頷く。先ほどから太腿の辺りに硬くなった田崎の欲望が当たっていて、青子自身も欲しくて堪らなくなっていた。

田崎は取り出した彼自身に素早くゴムを被せると、青子の腰を軽く浮かせてショーツを脱がせ、膝を折り曲げながら大きく割って、その中に自分の体を滑らせる。蜜口に彼の先端が宛てられた時、青子の中に緊張と期待が膨れ上がった。

「いくよ」

短く言い捨てて、田崎が青子の中に入ってくる。

「ぁ…、田崎さ、たさ、き……ぁん……ふぁっ」

さほど抵抗もなく、青子は田崎を呑み込んだ。まるであつらえたかのように、田崎の陰茎は青子の蜜洞をぴたりと埋め尽くしてゆく。

「すごく、イイ」

愉悦を含んだ田崎の声に、青子の胸が締め付けられた。

田崎のモノが根元までぴったりと入り切った時、二人は同時にゆっくりと息を吐く。

「動くよ」

「ん。……………あ、」

田崎はゆっくりと腰を前後に振り始めた。緩慢な、しかし角度を調整しながらも途切れることのないスムーズな動きに、青子の締め付ける力はどんどん強くなる。内側が擦られる度に、体中がクリームになって蕩けるような快感を味わった。

「ゃ、はぁ……、あ、や、そこ…ぁあんっ、あ、あぁ……っ」

決して激しくはないのに、緩やかにもたらされる快感に青子はむせび泣きが止まらなくなる。腰を振りながら、田崎は青子の胸に愛撫を加えた。形の良い乳房は田崎の手にちょうどよく収まり、優しく揉みしだかれる。そんな彼を引き寄せて、何度もキスをした。

舌を絡める度に、背骨が溶けそうになる。田崎が近付くと、出し入れされる入り口付近が擦られるのも堪らなかった。思わず田崎の頭を引き寄せ、滑らかな頬を何度も撫でる。

田崎が気持ちよさそうに目を瞑《つむ》って、頬を擦り寄せてきた。

甘えられているみたいで可愛い。それにやっぱりこの人、綺麗。

緩やかな心地よさは、限りない安心感となって青子を包み込んだ。

田崎がはじめに言った、ゆっくりやるとはこういうことだったのか。

「すこし……強くするよ?」

そう言って田崎は青子の腰を引き寄せると、少しスピードを上げて青子の一番奥を強く突き始めた。

「あっ、あっ、あぁあぁあ……っ」

うっとりと浸りこんでいた心地よさから一転、青子は快感の奔流に投げ出される。青子は思わず田崎の腰に足を強く絡みつけた。

「そう、ちゃんと捕まってて」

ぐりぐりと先端が奥に押し付けられたかと思うと、すかさず大きく引いてからグラインドをつけて突いてくる。その度に青子の体は変容を遂げたように深くなる。青子の知らない快感の底があった。こんな場所があるなんて今まで知らなかった。

体の奥から何かがせりあがってくる。信じられないほど気持ちが良かった。

「田崎さん、ダメ、もう、ぁあああ……っ」

絶頂が間近に迫っているのを察知して、青子は叫んだ。

「いいよ、イって――」

田崎も限界が近いらしく、抽送のスピードが加速する。パンパンと何度も腰が打ち付けられた。

「や、も、だめぇ……っ」

つま先をぴんと反らし、世界の上下左右が分からなくなる頃、何かが弾ける感覚がして、青子の体は一気に浮遊し、快感の波に飲み込まれて堕ちていく。

田崎がイったのだと分かると、体中の細胞が歓喜に沸き立ち、青子の体は弛緩《しかん》した。

数秒遅れて、田崎の汗ばんだ体が青子の上に覆い被さってきた。

「……最高だった……」

荒い息を耳元で感じ、彼の背中に腕を回してぎゅっと抱き締める。

たとえようのない深い悦びが、青子の体中を満たしていた。

3．流されて、溺れる

横向きに背中から柔らかく抱かれて、少しうとうとした。体には悦びの余韻がまだ残っている。

火照った肌に、さらりとしたリネンの感触が心地いい。このまま微睡《まどろ》んでいたい誘惑にかられたが、青子は自分の前に回された田崎の腕をそっと外してベッドから抜け出した。

「シャワー、お借りしますね」

「泊まってってもいいけど？」

田崎は社交辞令にも聞こえない声で言った。

「帰ります。このままここにいると掃除したくなりそうだし……でも、ボランティアで家事をする気はないので」

にっこり笑って言ったが、半分本気だった。

青子にとって、家事はあくまで仕事だ。多少親しくなったところでそれを覆す気はない。そもそも田崎とは恋人でも何でもない。彼は恋愛感情抜きでいい、と言わなかったか。自分も恋愛に興味はないから、と。つまり、これは割り切った関係ということなのだろう。

勝手知ったるバスルームで（何せ週一で掃除をしているのは青子だ）、シャワーの水栓レバーを押し上げ、吹き出す熱めのお湯に打たれながら青子は目を閉じて自問自答した。

確かに彼とのセックスは良かった。正確には素晴らしかった。青子の過去の男性経験は、最後に別れた克之も含め二人だけで、彼らとは比べようがなく深い快感に溺れさせられた。

だからと言って好意や恋愛感情があるかと聞かれれば分からない。

少なくとも触れられることに嫌悪感はない。外見や立ち居振る舞いもスマートで、好感が持てると言えなくもない。しかし恋人として付き合った場合、自意識の高さは時としてイラつきそうではあるし、正直日常の生活管理に関してはマイナス面が大きい。

洗面所の棚にあった無地のオーガニックタオルを一枚拝借し、濡れた髪と体を拭く。ふわふわの生地は吸水性が良く、いつも洗濯時に使っていたボタニカルの柔軟剤の香りがほんのりしていた。下着だけ身に付けた後、さっと流しておいたバスルームの水滴を使ったタオルで軽く拭う。これくらいはバスルームを借りた立場としてありだろう。

素早く身支度を整えて、寝室の田崎に声をかけた。

「じゃあ、失礼します」

家事代行の仕事は、一日多くて二件だ。一件当たりが最低二～三時間契約である上に移動時間がかかることと、顧客の夜のプライベートタイム前に終わらせる前提を考えると、それ以上はなかなか難しい。今日はたまたま依頼人宅同士が近かったのと、時間に多少の融通が利く作業だったので、イレギュラーに三件目を引き受けた。

「う、でもやっぱ三件はきついな～～」

一件目と二件目は子供が小さい共働き家庭の定期の片づけ掃除コースだったが、三件目は普段なら週末に通う家だった。週一で届く宅配サービスの生鮮食料品を、下拵《したごしら》えしたり作り置きの惣菜にしたりする依頼だ。しかしたまたま今週末は出張が入ってしまったらしい。急なことだから宅配を止めている暇もなく、多少遅い時間になってもいいから、日をずらして手伝ってほしいとのことだった。やはり共働きの家で、夫も子供も仕事や塾に忙しい。

保険関係に勤めるという、多忙だが陽気でアクティブな彼女の人柄は、青子にとっても好ましく、困っていると聞くとつい放っておけなかった。多少の残業を覚悟して大量の野菜や肉を刻み、茹でたり蒸したり煮たりして保存容器に詰め込んだ。

「ありがとう！　江利宮さんが来てくれて本当に助かったわ～」

案の定、多少時間は押してしまったが、感謝の言葉を聞けば仕事の達成感は増す。顧客の笑顔は青子にとってのボーナスだった。

実際、忙しい割に今日の仕事は我ながら調子が良かったと思う。すべてがほぼ見込み通りにすっきりと終わることができた。充実度の高い一日だったと言える。

（やっぱ、昨日のアレかなあ……）

考えたくはなかったが、田崎との一件が影響している気がする。

『気持ちいセックスは自浄効果もあるからね～』

過去、そんなことをのたまったのは梨麻だった。彼女の自説に当てはまる部分も少なからずあるのかもしれないが、それ以上に田崎とのことを考えまいとした結果だったとも言える。

そう考えると自分が気恥ずかしくもある。

（だって……久しぶりにすっごく甘やかされた気がしたんだもの）

甘やかされるのが嬉しいなんて感覚も忘れていた。

元々人に甘えるのが苦手なタイプだというのもある。気の置けない女友達と愚痴をこぼし合うことくらいはするが、基本的に自分のことは全部自分で決めるタイプだ。誰かに寄りかかって転ぶくらいなら、初めから一人で立っている方が楽だった。

そもそも克之と別れた時だって、一人になってせいせいした気持ちの方が大きかった。

（だけどあの時は――）

田崎に抱かれた時は、彼が与えてくれる快感に何の不安もなく溺れていられた。彼が、青子を傷つけるようなことはしないと、分からせてくれる優しい触れ方だったからだ。

まるで生まれて間もない子猫のように甘やかされた気分だった。

（う、年甲斐もなく恥ずかしい……）

つまりはついそんなことを考えてしまうのを、必死に仕事で阻止していたわけである。仕事の出来が上々だったから結果オーライかもしれないが、青子自身はどこか自省したい気分だった。

大きな鞄を抱えたままバスを降り、ターミナル駅に向かう。

田崎から連絡はない。というより、そもそもお互い連絡先を交換していない。

食事の時は梨麻とやりとりしていたので、あえて近付かないようにしていたのだ。

あんなことになって、少し時間をおいて考えたいのもあった。

どちらかからアプローチをするとすれば、定期仕事の時だろう。メモの一枚でもおけば済む話だ。しかし向こうから何のアクションも無かったら……自分から何かできるだろうか。

青子の気持ちは揺れていた。してもいい。しなくてもいい。

正直あのセックスには未練があるが、田崎自身に同じくらいの執着があるかと聞かれればよく分からない。そんな自分をどう御してよいかよく分からなかった。

仕事で溜まった疲労と考え事で、幾分ボーっとしていたのが、タイミング悪く仇になった。

「……青子？」

帰路や夜の街に繰り出す人々が賑わう駅の雑踏の中で、不意に声をかけられて振り向く。

「克之さん……」

一気に神経が尖るのが分かる。正直、一番会いたくない相手がそこにいた。

「久しぶりじゃないか。元気？」

仕事帰りらしいスーツ姿はワイシャツに皺が寄り、どこか着崩れた印象がする。もっとも仕事を終えた後のこの時間帯なら当然だろうし、青子には一切関係のないことだった。

青子は無言のまま一歩後ろに下がる。

「おいおい、別れたからってそこまで冷たくしなくてもいいだろう？」

「もう……別れたんだから、見かけてもお互い知らないふりが正解でしょ？」

「相変わらず堅いなあ……」

苦笑されて、胸の中がささくれ立つ。過去を受容できないのは青子の心が狭いと、暗に責任転嫁されている気がした。

「確かに色々あったけどさ、あれからもう三年も経つんだぜ？　いい加減、水に流して晩飯でも行かないか？」

何の屈託もない朗らかな克之の笑顔。青子は俯いて唇を噛む。昔は彼のこんなところが好ましいと思っていた。つい細かいことが気になる青子にとって、彼の大らかさはおおいに長所に見えていた。しかし今はただの無神経にしか見えない。

「一緒に食事に行く理由はないから。じゃ」

振り切って帰ろうとすると、腕を掴まれた。

「そんな水臭い言い方、ないだろう？　仮にも俺たち――」

それ以上聞きたくない、咄嗟に耳を塞ぎたくなった瞬間、別の声が降ってきた。

「その人はお知り合いですか、江利宮さん？」

「あ、――」

目の前に田崎が立っている。こちらもスーツ姿だが襟元はきちんと整っている。

助けて、と言おうとしたが声が出ない。痴話げんかに他人を巻き込んでしまうような気がして、咄嗟に気が引けたのだ。

「なんだ、君は一体……？」

青子の腕を摑んだまま、克之が怪訝《けげん》そうな目付きで前方を見上げる。田崎の方が頭一つ分、克之より背が高かった。

「江利宮さんとは仕事上のお付き合いをさせて頂いてます。大変失礼ですが、彼女が変な人に絡まれているように見えたのでつい声をかけてしまいました」

変な人、と言われて克之は一瞬ムっとした顔になるが、それを引っ込ませて作り笑いを浮かべた。ことを荒立たせるのは苦手な男だ。

「生憎《あいにく》、青子とは旧知の仲なんです。御心配頂きありがとう」

「そうですか。でも僕には江利宮さんが嫌がっているように見えますが」

「そんなことは――」

克之が怯んだ瞬間、青子は腕を振りほどいて田崎の背後に逃げた。田崎は冷静に青子と克之の間に立つ。広い肩幅は、青子を克之からすっぽりと隠してくれた。

「もしそうじゃないとしても、周囲から誤解を受けるような態度は控えた方がいいと思いますよ。それじゃあ」

言い返せない克之を尻目に、田崎は青子の肩を抱いて歩き出す。改札を抜け、互いの行き先を確かめつつ駅のホームに立ったところでようやく背後を振り返った。

克之が追ってくる様子はない。青子は安堵の息を吐いた。

「大丈夫ですか?」

「はい。あの、……助かりました」

「なら良かった」

淡々と返す田崎の顔は、何事もなかったように平静だ。そんな彼の表情を見て、青子自身も落ち着いてゆく。

「本当に、助かりました。ありがとうございます」

「大したことはしてないよ」

「でも、田崎さんが来なかったらもっと面倒なことになっていたかもしれません」

一人でも振り切って逃げる気ではあった。けれど、克之は大らかに見えて思い通りにいかないとしつこい。青子一人なら力ずくもあり得たから、逃げるのはそれなりに大変だったろう。

「――震えているように見えたから」

「え?」

「知人同士の内輪もめなら知らんぷりしようと思ったんですが、江利宮さんの手が震えているように見えたので、助けた方がいいんじゃないかと思ったんです」

（うそ……）

手が震えていたなんて、自分では気付かなかった。

克之に対する怒りか、それとも力ずくで連れて行かれそうな状況への恐怖心があったのか。いずれにせよ、田崎が通りかかってくれたことは青子にとって幸運だった。

「……本当は、少し怖かったみたいです」

苦笑して弱気を誤魔化そうとする青子の前に、田崎の右手が無言で差し出される。

「田崎さん？」

「手、よかったら繋ぎますか？　少し落ち着くかもしれない」

彼の提案を、すぐに断ることができなかった自分に、青子は狼狽する。確かに一度寝たりはしたけれども、そこまで甘えることが許されるほど親しい間柄と言えるのか分からない。彼と自分との関係はあくまで肉体的なものだけで、決して恋人などではない。

しかし、弱っていた気持ちが僅かに理性より勝ってしまう。

「えっと、じゃあ、──電車が来るまで、いいですか？」

磁石が吸い付くように青子が自分の左手を近付けると、田崎は自然に指を絡めてきた。

温かい大きな手が、青子に安心感を注ぎ込む。

──ああ、やっぱり怖かったんだ、と青子は改めて自分の心情を自覚した。それが田崎の右手だけで癒されていることも。

　思わず泣きそうになって堪える。泣くようなことじゃない。偶然出会った克之に絡まれて、田崎に助けてもらった。それだけだ。

（泣くくらいならむしろ怒れ自分！）

　けれど、どうやら自分は少し情緒不安定気味らしい。――なんで？

　そんな心中の葛藤をよそに、電車がホームへと滑り込んできた。田崎が乗る予定の快速電車が先である。

「ごめん、この後まだ仕事があって」

　田崎の言葉に、青子は慌てて自分の手を引っ込める。

「こちらこそすみません。ご厚意に甘えてしまって恥ずかしいです」

「いや、そういう意味じゃなく、本当はできればこのまま連れて帰りたいんだけど――」

「へ？」

「無理強いするとさっきの男と変わらなくなるし」

　一瞬、田崎が何を言っているのか分からなかった。けれど、少し困ったような彼の顔に、ほんのりと体温が上がる。発車のベルが鳴り始め、電車に乗る田崎の背に向かって言った。

「あの！　金曜日の夜……」

　田崎が振り返って青子の顔に目をやる。金曜日は青子が田崎の家の定期仕事に行く日

だった。午後にもう一件あるが、夜は空いている。

「もし田崎さんが空いてたら、伺ってもいいですか？」

頬が熱い。顔が赤いのは絶対ばれているだろう。田崎は少し躊躇いながら口を開く。

「金曜も仕事で遅いから――」

青子の心臓を失意が駆け抜ける。しかし電車のドアが閉まる直前に、続く声で舞い上がった。

「上がって待ってて」

青子は両手で自分の頬を抑えた。熱い。足元もフワフワしている気がする。

現金にも、さっきまでの克之と会ってしまった不快さはどこかへ消えてしまっていた。

(自分から行くって言っちゃったし！)

ついさっき、次があってもなくてもいいとか思ってたのはどこの誰だ？

けれど田崎に拒まれなかったことに、深い安堵を覚えているのも事実だった。

何度か息を深く吸って吐くのを繰り返す。

今はとにかく落ち着いて、家に帰ってシャワーを浴びるのだ。それから何か作って食べよう。冷蔵庫に何があったっけ？　確か作り置きの蒸し鶏があった筈。それときゅうりとカイワレを混ぜてごま油とポン酢で和えればいい。あとは――。

浮き立つ心を抑えるうちに、青子の乗る各駅停車の電車がホームへと入ってくる。

混みあう電車を苦にも感じないまま、青子は家路についた。

「それは下着新調案件でしょう‼」

「いやいやいや、そこまで大したことでは……」

（ある、のか――？）

梨麻の盛大な主張に、青子は一瞬思考が逆走した。

今日は梨麻のアパートで家飲みである。そこで梨麻の高説が炸裂した。

前回は不測の事態だったから、下着も普段仕様の飾り気のないものだった。しかし今回は予め織り込み済みである。当然ナニをしに行くわけで、しかも向こうの帰りが遅いとなれば泊まりの可能性も大だ。しかし田崎との間に恋人関係があるわけではない。あるのはあくまで肉体関係で、言ってみればセフレなわけで。その場合、泊まりがありかなしかは判断がつかない。

いや、前回「泊まっていい」と彼は言ってなかったか。ならば彼の中ではＯＫ？

となると、やはり最低限の泊まりの準備はしていくべきか。下着の替えとメイクポーチ、歯ブラシとタオルと……。

「だからえっろい下着！」

「持ってないってばそんなの！」

「知ってますよ！　持ってないから買うんでしょ⁉」

相変わらず容赦のない梨麻の追撃に、青子はつい防衛態勢になる。

「だってどうせ脱いじゃうものじゃん……。無駄じゃない？」

「その脱がせる過程が大事なの！　服を脱がせた途端にむしゃぶりつきたくなるような下着を見ることで男の人は興奮するわけで！」

深い。そして一理ある。——とは思うのだが。

「ちょっと、梨麻ちゃん落ち着いて……！」

「落ち着いてますよー。って言うか、口ではなんだかんだ言いながら、いざスイッチ入るとオートマでアグレッシブになるんだもん。だから青子先輩好き！」

「あー、どうも……」

青子とてその辺りの言動不一致は不覚だったと猛省している。要は何も考えずなりゆきに従っただけの結果とも言えた。むしろ体や口が勝手に動いて、理性が後から言い訳を用意している感じだ。仮にも大人と呼べる年齢の女性として、不甲斐ないことこの上ない。

「えーと、どんなのがいいかなー。青子先輩はスレンダーだから変に下品なのじゃない方がいいと思うんですよねー。ピンク×黒とかも大人ガーリーで可愛いんだけどちょっと違うかなー」

そう言いながら梨麻はタブレット端末を検索しだす。画面には女性ものの下着画像が一斉に流れ出した。

「なんで梨麻ちゃんがそんなにノリノリなの……」

青子の呟きは梨麻の熱気によって黙殺された。

「白はさすがに年齢的にあざといかなー。清楚系も背徳的で人気あるけど……」

梨麻は慣れた手つきで下着屋のページを捲った。極端なコスプレや激しく露出の多いブラやショーツのページに、青子はいたたまれなくなり缶入りのジンライムを煽る。

「こんなのとかー、この辺りなんてどうです？」

スライドを繰り返し、梨麻が差し出したタブレットの画面には、ナチュラルなポーズで下着をまとった外人モデルが映し出されていた。大人っぽく、且つレースとシルクで透け感を強調した下着が並んでいた。サイドが紐だったりはするが、色は青紫や薄いローズピンクなど、比較的シックなものが多い。

「あー、これくらいならまあ……」

どんな際どいものを勧められるのかと身構えていた青子は、一応普段でも使えそうなデザインにホッと胸を撫で下ろした。

「サイズはMでいいよね。実物とか見に行かなくて平気？」

「いい。もう任せる……」

普段使わなかった思考回路を無理矢理使ったため、脳が息切れを起こしている。この上わざわざ買いに行く元気はなかった。もちろん卓に突っ伏した青子の見えないところで梨麻がニンマリ口角を上げたことにはまったく気付いていなかった。

てしまう。

やはり直接店で選ぶべきだった。怒濤《どとう》の勢いで攻め立てられて、梨麻の言いなりになってしまった。自分のことなのに。即日便で届いた下着を見て、青子はしばらくフリーズしてしまう。

「やられた……」

デザインや色味は画像で見た通りである。そこそこの値段だったから、縫製や材質も悪くない。サイズも問題ない。しかし……。

画像の小ささと生地の色味で気付かなかったが、思った以上に透けている。

というか、ブラとショーツに関してはほぼ全面がレース仕上げで裏地がなかった。これでは肝心な部分が、丸見えとは言わないまでも隠れない気がする。お揃いのキャミソールを着ければ一応布は二重になるが、微妙な見え方が却ってエロいだろう。

こんな仕様だと、梨麻は気付いていていたんだろうか。

「絶対あいつ気付いてた……！」

確信するものの、だからと言って改めて自分で別のものを探して買う気力もない。

(なんかこれ、ヤる気満々だよね？　いや、間違いではないんだけど！)

こういう試み自体が初めてで、青子の理性を激しく揺さぶり続けている。

青子のその手の過去と言えば、初めての交際相手は学生で初心者同士だった。青子もそれなりに可愛い下着など身に着けた気はするが、まだ子供だったからあくまで手持ちの中でお気に入りの、程度だ。克之の時は——いや、彼のことは考えたくないから頭から締め出す。

「出かける時、考えよ……」

結局、青子は問題を先送りすることにした。

仕事をして精神状態を一旦クールダウンさせれば、自分なりの結論も出るだろう。


その日、田崎の家を片付けるのは、いつも以上に平常心を保つ努力が必要だった。

相変わらず、と言っていい散らかり具合に一度はきっちり戦闘モードに入ったものの、テーブルの上に置かれていたメモで心臓が早鐘を打ち始める。

『帰宅はどうしても九時過ぎるので、食事は済ませておいてください。待っている間は冷蔵庫の飲み物やテレビなど、適当に使ってくれて構いません。何かあったら下記に連絡を』

田崎らしい、甘さも無駄もない簡潔なメモだった。几帳面さが窺える、まっすぐな字だ。

けれど彼のメモが自分でも思わなかったほど落ち着かないフワフワした気分にさせた。

「心頭滅却！」

両手で自分の頬をパン！　とはたき、気を取り直す。仕事は仕事、浮き足立っている暇はない。

洗濯機を回しつつ部屋を片付け、埃を払って掃除機とワイパーをかける。水回りもきっちりと磨き上げた。取り替えたベッドカバーやシーツはソファにかけっぱなしになっていたワイシャツ等と一緒にクリーニングに出す袋に纏《まと》めて入れる。アイロンがけは依頼内容に入っていない。

当然ではあるが、週に一度、三時間という時間の中では、どうしてもできることは限られる。だからこそクオリティの高い家事を提供するのが代行屋としての意義だと青子は思っていた。

すっきり掃除された部屋を見て、青子は軽く嘆息する。

いつも通り作業報告書をまとめ、帰り支度を整える。午後から定期の客がもう一件。一旦帰宅して食事をしても結構時間に余裕はある。

軽く摘まめるものなんか作ってきても、田崎は嫌がらないだろうか。料理を作ると大抵の男性は喜んでくれるものだが、田崎は味にうるさそうなのでその辺が難しい。重たいと思われるのも不本意だし。

でも――。

遠足前の子供みたいに気持ちが浮き立ってしまうのは止められなかった。

連絡先が示されたメモは、折りたたんで胸ポケットにしまってある。

考えまいとしても込み上げてくる期待を胸に押し戻し、青子はマンションを後にした。

4．ただひたすら、甘い夜。

夕方に仕事を上がって一旦帰宅、軽めに夕食を摂って長いシャワータイムに突入。前回は急ななりゆきだったから仕方がないが、今回は入念にスキンケアを施す。

ムダ毛のチェックってどうやるんだっけ？

目的を考えると恥ずかしすぎるから、ひたすら無心に行った。

着るものには大いに迷った。普段が作業効率優先のパンツスタイルなので、あまりセクシャルなのもあからさますぎる気がして躊躇われる。(『ギャップ萌えって知ってます？』と梨麻にツッコまれた)

というかソレ目的なんだからセクシー路線もありなのかもしれないが、田崎にはあまりウケない気がした。よく分からないけれど。

結局フレンチスリーブのカシュクールブラウスにシフォンスカートを合わせる。ブラウスが薄いローズピンクだったから、胸元には淡い色合いの天然石が散らばるラリアットネックレスをチョイス。髪のサイドも捩じって止め、おくれ毛を残しつつシニヨンにまとめて、ラリアットとお揃いの華奢《きゃしゃ》なピアスを着ける。

全体的にシックな綺麗めコーデでまとめたつもりだが、田崎は気に入るだろうか。

洗面所の鏡に映った自分をまじまじと眺めてみた。

普段はあまり人と会わない仕事なのでさほど気を遣っているわけではないが、入念にボディーローションと乳液を擦りこんだ肌には、ハリと艶がまだ充分にあると思う。

(こんなもの、だよね……)

姿見で全身をもう一度チェックしてからアパートを出た。

夜に、仕事帰りでなく出かけるのは久しぶりだ。田崎のマンションに入る時も、仕事の鍵を使うのかと思うと少し後ろめたいスリルを味わった。帰宅は九時を過ぎると書いてあったから八時半過ぎに訪れる。当然ながら午前中に掃除した部屋は、その時のまま綺麗に整っていた。

「お邪魔します」と小声で囁きながらリビングに上がり、荷物をセンターラグの上に置いてソファにちょこんと座りこむ。

背中がぞわぞわして落ち着かない。緊張しているのだ。

(何をしに来たんだろう)

——いや、ナニをしに来たんだけど。同じセルフツッコみを、もう何度したのやら。

明らかにここ数日、自分はおかしい。田崎と寝てから？　いやもう少し前くらいから？

(これは恋、なのか？)

結局自問自答はそこに戻る。今ひとつ確信が持てないのはなぜだろう。

――それに彼は？

割り切った付き合いが多かったみたいだから、自分もその一人ということでは？

それなら自分もそのつもりでいるべきだろう。変な期待などせず。

そう思いながらも緊張しているのは、やはりよく見られたいと思うからだろう。彼に喜ばれ、認められ、その分優しくされたい。つまりは下心か。

『先輩は難しいこと、考え過ぎですよー。もっと流動的に感じるままに動いてもいいと思う』

いつだか梨麻に言われた言葉がこだまする。確かに自分は考え過ぎるのだろう。そのくせ突発的に暴走するきらいがある。

（我ながら、なんだかなー……）

だけど、もうあの頃の、あんな風には……。

考え込みそうになった時、玄関からガチャリと鍵を回す音が聞こえ、ドアが開く気配がした。

（帰ってきた――！）

出迎えに立とうか迷ってる内に、田崎はリビングに入ってくる。

「良かった。来てくれてたんですね」

結局青子はソファの前に立ったままだった。田崎のネクタイは緩んでいないものの、やはり残業続きなのか顔には微かな疲労が滲《にじ》んでいた。

「おかえりなさい。あの、お邪魔してます」

「うん。いらっしゃい」

しかし青子を見る目は嬉しそうにほころんでいる。心臓がバクバク跳ねそうになるのを必死で押し殺した。

「田崎さん、お食事は？」

「いえ。ちょっと暇がなくて」

田崎の細い体を見ると、食事にありつけないのは日常茶飯事なのかもしれない。

「そうかもと思って軽く摘まめるものを買ってきたんですけど」

手作りにしなかったのは重たく思われるかと思ったからだ。買ったものの方が気兼ねされない気がした。『割り切った付き合い』としての、青子なりの匙加減である。

「嬉しいです。とりあえずシャワー浴びてきますね。結構汗かいてて」

「はい」

「あ、でもその前に――」

「へ？」

突然、腕を取って引き寄せられた。

「一回だけキスしてもいいですか？」

耳元で囁く声が、欲望を含んでいてゾクゾクする。

青子は田崎の顔を見上げると、スっと瞳を閉じた。彼の顔が近付く気配に、唇を少しだけ開く。ぴったりと吸い付くように唇が重なり、軽く吸われ、その気持ちよさにくらくらする。

「――ごめん、汗臭いでしょう」

唇を離した後、少し掠れた声で田崎が詫びた。確かに少し汗の匂いはするが、気になるほどではない。それよりも疲労の色の方が気になる。至近距離で見た田崎の顔は、少し青白い気がした。

「あの……疲れているならまた今度でも」

官能の余韻が青子を支配するのに、出てくる言葉は裏腹なものになる。無理をさせてまた倒れさせたくはない。しかし田崎の顔が硬くなる。怒らせただろうか。

「――家に帰れば江利宮さんがいるって、それを自分へのご褒美に頑張ってきたのに？」

拗ねたような言い方をされて、思わず小さく吹き出した。

「お風呂はピカピカにしてあります。――いつも通りに」

「江利宮さんの仕事に不満を感じたことはないですよ。一度もね」

「……じゃあ、シャワーを浴びてきて？」

「その間にあなたが逃げないと約束してくれるなら」

返事をする代わりに、爪先立ちになってもう一度、今度は自分からキスをした。田崎の頬を包み込み、揶揄《からか》うように、煽るように耳朶《みみたぶ》を愛撫する。

「……答えになりました？」

青子としては精一杯の強がりでもある。田崎は満足そうに微笑むと、バスルームへと消えていった。滝のような水音が聞こえ始め、青子はゆっくりと息を吐く。

我ながら大胆な行為だった。いつもセックスに関しては相手任せの流れ任せで、自分から何かをアプローチしたことはない。それなのに今はつい彼を喜ばせたくて、あんなことをしてしまった。十分後、田崎は濡れた髪を首にかけたバスタオルで拭きながら出てくる。白いTシャツにスリムジーンズのいでたちは、いかにもぐっと砕けた姿だ。

ラフな姿は田崎の妖艶さを増していた。正視に耐えられず、青子はさりげなく目を伏せる。

「何か飲んでても良かったのに」

確かにそれはメモにも書いてあった。しかし主が不在なのに他人の家の冷蔵庫を開けるのは少し抵抗がある。

「田崎さんが何か飲むなら頂きます」

「差し入れは何ですか?」

「えーと……これ」

答えるのに躊躇いがあったので、自分で紙袋から取り出して見せた。

「おにぎり?」

田崎は少し意外そうな顔で青子の差し出した包みを見た。

「近所の好きなお店なんです。小さくて食べやすいのと、もし食べなくても朝食に回せるかなと思って」

透明のパッケージに入っているそれは、確かにコンビニ等の普通のおにぎりと比べると半分くらいのサイズしかなかった。しかし店主のこだわりで、美味しい縮緬山椒《ちりめんざんしょう》や牛しぐれ煮、枝豆チーズ、チョリソーウインナー、梅味噌などつまみにもなる少し変わった具も多かった。

一個当たりが小さいので色んな種類を食べられるのも嬉しい。

けれど所詮おにぎりと言われればそれまでの地味さで、青子はそっと田崎の反応を窺った。

「いいですね。美味しそうだ」

しかし田崎は嬉しそうにそう言うと、ソファに腰かけて縮緬山椒のおにぎりを一口で頬張った。

「江利宮さんは？」

「私は夕食を済ませてきたので、こちらだけ頂きます」

夕食は軽かったものの、胸がいっぱいになっている青子に今何かを食べる余裕はない。

渡された缶ビールの、プルトップを開けて唇を湿らせるのがやっとだった。炭酸の苦みと刺激が喉を滑り落ちてゆく。軽い酩酊《めいてい》感で、必死に緊張感を追いやった。

ソファに並んで座って、田崎が黙々と次のチョリソーむすびを口に運ぶのを眺める。

指先をぺろりと舐める仕草が、実にエロい。

「うん、少し胡椒《こしょう》が利いててアルコールと合いますね。一口サイズなのもちょうどいい」

「お口にあって良かった。田崎さんは舌が肥えてそうだから」

「舌が肥えてるかどうかはともかく、こだわりは強いかもしれませんね。なんせ飲食業なので」

「そうなんですか？」

初耳の田崎の職業に、青子は目を丸くした。モデルじゃなかったのか。

「そうですよ。聞いてない？」

田崎は意外そうに聞き返す。しかし青子は全然知らなかった。

確かに彼の部屋は常にカオス状態だが、それでも持ち物はセンスのいい上質なものばかりだし、家具などの調度品も洗練されていた。細かな日用品に至るまで、少なからずこだわりがあるのは確かだろう。だからよほど育ちがいいのか、てっきりその外見を生かした業界の職に就いていると思い込んでいた。デザイン系やアーティスト系とか？

もっとも飲食業といってもピンキリだろうから、一概に意外と言い切るわけにはいかないが。

（っていうか、飲食業に従事している人間が、栄養失調で倒れるのはおかしくない？）

「ええ。本部は把握してるんでしょうけど、現場の作業にはあまり関係ないですから」

わざわざ依頼主の職業を聞くことはない。もっとも家の中を片付けていれば郵便物や制服などで業種がざっくりとわかることもあるが。それでも勤め先まで知ることは少ない。

「『カフェ・ヴェルドゥーラ』という店をご存知ですか？」

――知っている。最近都内を中心に増えているチェーン店系のレストランだ。

大元の親会社である『バンケット』は高級志向が売りだったが、高級感を保ちつつ本家よりリーズナブルな価格帯で庶民派を売りに新たに展開されている店舗が『カフェ・ヴェルドゥーラ』である。

おしゃれで落ち着いた店内に有機野菜メインのメニューが売りで、チェーン店にしては多少高めの値段設定にも拘らず味がいいので女性客や健康志向の客に人気が高いと、噂で聞いていた。

「そこのエリアマネージャーをしています」

「はあ……」

エリアマネージャーと言われても、どんな仕事かぴんと来なかった。

（マネージャーと言うからにはマネジメント？　それって店長とは違うの？）

青子のぽかんとした顔に微笑を漏らし、田崎は説明を加える。

「主な仕事としては担当エリアにある全店舗の統括と新規店舗開発事業なんですけど、どうしても店の人手が足りない時には現場に駆り出されることもあるので、視察も兼ねて今日もホールに立っていました」

「それは……さぞかしお客さんで賑わったのでは」

こんな美形の給仕がいたら、女性客は鈴生りだろう。

「まあ、週末ですしね。客数が増えるのは当然なんですが、価格帯を抑えるとどうしてもスタッフは非正規が多いので……混む土日に限って人手が足りないのが業界共通の悩みでしょうね」

人心地が付いたのか、田崎はソファの背に凭れて苦笑と共に嘆息した。

「そうなんですか……」

青子が勤める家事代行業は、依頼者が働いている平日の希望が多いことから、基本的に週末は休みが多い。現場スタッフも主婦が多いので、土日は出たがらないのも理由の一つだ。

引っ越しの片付けなど単発の場合は土日も依頼を受けることがあるが、その場合は本部スタッフと青子のような身軽に動ける単身者に割り振られるのが通常だ。

しかし同じサービス業でも、田崎のような外食産業では休日の方が忙しくなるのが必須だろう。

「それは……お疲れ様でした」

精一杯の労いを込めて言った。そんな青子の肩に、田崎は頭を凭せてくる。

「忙しいのは割と平気なんですが、今日は江利宮さんのおかげでよりモチベーションが保てました。家に帰るのが楽しみなのは久しぶりです」

そのままずるずると倒れて、青子の膝に頭を乗せる格好で仰向けになる。そんな無防備な格好をしないで欲しい。同じセリフを、この人は何人の女性に言ったんだろう。口に出せば興醒めだと、分かってしまう年齢だから、青子は何も言えなくなる。

「優しく、して欲しいですか？」

代わりにそんなことを訊いた。膝の上にある彼の髪の毛に手をやると、まだ湿っている髪が指に絡んだ。青子は彼の頭を優しく撫でて梳《す》いてやる。田崎は気持ちよさそうに目を閉じた。

「甘えるのも甘やかすのも、両方したいな」

田崎の手が髪を梳く青子の手を握り、開いた瞳が熱を帯びて青子を捕らえる。

「ベッドに行きますか？」

田崎にそう言われて、青子の頬が紅潮する。

「今日一日、おかしくなりそうだったわ」

――あなたのことばかり考えて。

田崎は自分の頭に置かれていた青子の手を口元に持ってくると、細い指先に口付ける。唇に触れるだけで、指先がぴりぴりと痺《しび》れる気がした。

「僕もです」

（――本当に？）

田崎は手を伸ばして青子の頬に触れた。ひんやりとした冷たさが、火照る肌に心地いい。青子は喉から声を絞り出した。

「甘やかすから、甘やかしてください」

恥ずかしいのを堪えて、ひたと田崎を見つめると、色素の薄い目に欲望の灯がともる。

「ベッドに行こう」

田崎の提案に、青子は無言で頷いた。


田崎のベッドは大きい。本人に会って納得したが、これだけ身長があったら普通のシングルサイズでは狭苦しいだろう。六畳ほどの寝室の、三分の一をベッドが占めていた。セミダブルといったところだろうか。

ベッドの端に並んで座り、キスをする。初めは羽毛に触れるような儚《はかな》さで。けれど先に我慢できなくなったのは青子の方だった。田崎のTシャツの胸の辺りをぎゅっと握る。

——足りない。こんなんじゃ全然。

青子のもどかしさはあっという間に田崎に伝わり、首の後ろを掴まれて顔が深く交差した。そのまま舌が差し込まれて絡めとられる。

「ん……っ」

青子の舌を、獰猛《どうもう》な獣のように田崎のそれが貪った。唾液が絡み合い、お互いの境界線が分からなくなるほど求めあい、いつの間にか青子の上半身はしなだれかかるように田崎に密着していた。青子の手も田崎の背中に回り、強くしがみついている。

激しいキスを繰り返し、ようやく息を吐いた時には、二人の瞳は潤み、目元が紅くなっていた。

「やばい、な」

苦笑する田崎に問いかける目を向ける。なに？

「すごく……飢えた気分で、優しくできないかもしれない」

青子は朦朧とした頭で考える。

（何を言ってるの、このひと？　何をバカなことを――）

「そうして欲しくて来たんです」

頭で考えるより先に、そんな言葉が口を衝いて出る。言ってからそうだったのかと納得した。

（飢えて、獣みたいに私を激しく欲しがって――）

自分はこの男に抱かれたいのだ。ただただ欲望のままに、快感を貪りたいのだ。

青子は身を起こすと、着ていたブラウスを自分で脱いだ。田崎が息を飲む音がする。スカートもホックを外して床に落とした。

「田崎さんが、私のどこを気に入ったのかはよく分からないけど――、どうやったらあなたに欲情してもらえるかばかり考えてたわ」

中に身に着けていたのは梨麻が選んだ下着だ。青子は田崎の膝の間に立って彼を見つめた。

「私、はしたないですか？」

泣きたいほど恥ずかしいのと、それでも彼が欲しい欲望で、頭がくらくらしている。彼の目線はちょうど胸の高さ辺りで、キャミソールとブラ越しでも、裏地のない薄い布の下では先端が紅く尖っているのが分かってしまうだろう。

田崎は青子の顔を凝視し、ゆっくりとその体を抱き締めた。

「参ったな。君は僕の想像の斜め上をいく」

くすくす笑う吐息で、臍《へそ》のあたりがくすぐったい。

「失望した？」

彼の想像の中で、青子はどんな風に動いていたのだろう。

（——もっと清楚に？　処女みたいに初々しく？）

「反対だ。感激してるよ。——名前で呼んでいい？」

「うん」

「佐倉さんが『しょうこ先輩』って呼んでたね。どんな字？」

そう言えば報告書のサインはいつも名字しか記入していなかった。初対面の時に見せようとしたスタッフ証は、結局見ないまま意識を失った筈だ。

「色の青。群青《ぐんじょう》とか緑青《ろくしょう》って読むでしょ？　それに子供の子」

「青い子供、か。いいな。犯すのに少し背徳的な味がする」

わざと淫靡《いんび》な言葉を使われて、顔が赤くなる。

何をバカなことを。そう思いながら青子の下腹がずくんと疼《うず》いた。

「青子」

口の中で味わうように、田崎が名を呼ぶ。それだけでイキそうな気がして、思わず目を閉じる。田崎は優しく青子の腰を抱いたまま、つんと尖った右の胸の尖りを下着ごしに噛んだ。

「ひゃっ」

びりびりと背中を快感が駆け抜ける。田崎はそのまま下着ごと口に含んで舌でねぶる。

「や、田、崎さぁん……っ」

彼の右手が左の胸を揉みながら、やはり固くなっている先端を指先でぎゅっと圧し潰した。

「や、は…ぁん、…ぁあ…っ」

気持ちいい。布越しとはいえ、青子の欲望を確実に煽っている。両方の乳房を揉みながら舌と指先で弄られ、青子は立っているのが辛くなってきていた。そんな青子の体を、導くように田崎はベッドに仰向けに横たえさせる。自分もそのままシャツを脱ぎ捨てた。

「可愛いな。青子さん、可愛い――」

言いながら田崎の唇は青子の剝き出しになった首筋や鎖骨を撫でた。田崎の手がキャミソールの上から体の稜線をなぞっていく。さらさらしたシルクは、やがて汗ばんだ青子の肌に張り付き始め、それが却っていやらしい眺めになった。

「こんな下着も持ってるなんてね」

田崎が感慨深そうに呟いた。

「これは――！」

青子は真っ赤になる。

「今日の為にわざわざ買った？」

いかにも嬉しそうに田崎が微笑む。ってか、ばれてるし！

悔しいけど否定する余裕がなかった。

「選んだのは……、梨麻ちゃん、だけど」

「そうか。彼女の観察眼は本当に鋭い」

田崎が喉の奥でくつくつ笑う。この場合、褒められたのは梨麻だから青子が喜ぶところではないだろう。そんな複雑な感情が顔に出たらしい。

「買っても着ない選択肢はあった。でも、僕が欲しくて君はこれを着てきたんだろう？」

「！」

お見通しだった。恥ずかしいが、否定できない。青子は悔しそうにぎゅっと唇を噛んだ。

「そういうところが――、恥じらいながらも必死で攻めてくるところが、可愛くて堪らなくなる」

田崎の声はますます艶を帯びて、青子の脳を刺激する。

「でもそろそろ布越しじゃ物足りないんじゃない？」

意地悪な聞き方だった。分かってるくせに。

「直接、触ってほしい……」

熱っぽくくぐもった声で、ようやくそれだけを言った。

田崎の手がキャミソールの裾から入ってくる。少し冷たい手が、しっとり汗ばみ始めた肌の上をゆっくりと這いまわった。まとわりつく布が邪魔になったらし田崎はキャミソールを持ち上げて青子の腕と首から抜くと、やはり彼の唾液で濡れていたブラを胸の上へ押し上げる。彼の目の前に晒《さら》された青子の胸は、荒くなる一方の息で揺れていた。

「田崎、さん……」

苦しい。恥ずかしい。潤んだ瞳で、彼を見つめた。

田崎の手が青子の乳房をゆっくり包み込む。そのまま繊細な指の動きで揉みしだいた。

「はぁ………」

深い息が漏れる。気持ちよくて、ずっと触っていてほしかった。

「気持ちいい？」

「うん」

「本当に君は――」

田崎が掠れた声で呻いた。

「こんなにいやらしいのに、子供みたいにいとけないのは反則だろう」

「……？」

田崎の言っている意味が分からない。彼から与えられる気持ちよさに、とっくに思考能力は溶けかけている。だから思うがままに彼の頬に手を伸ばし、無言でキスをせがんだ。田崎の唇が近付いてくる。青子の胸を愛撫しながら、唇を重ね、舌で口蓋や歯列を味わっている。

青子は嬉しくなって彼の背中に手を回した。

田崎は自分の右手を青子の口元に持ってきて、人差し指と中指を差し出す。

「舐めて」

言われるまま、彼の手を持って指先を口に含んだ。青子が目を閉じて彼の指先に唾液を絡めている間、田崎はもう片方の手でジーンズのジッパーを下している。身に着けていた衣類がすべてなくなり、青子の太腿に剝き出しになった田崎の欲望が当たった。

「手はこっちだよ」

彼の片手に導かれ、青子の手は熱く滾《たぎ》った欲望を握らされる。猛ったそれは固く反り返り、先が濡れそぼっていた。彼の興奮と渇望が伝染し、青子の体温が更に高くなる。

「しばらく握ってて」

田崎はそう言うと、青子に舐めさせた右手の指先を、まだ身に着けていたショーツ越しの亀裂に走らせた。

「ぁ……っ」

田崎のモノを握ったまま、思わず腰が浮く。

「ああ、とっくにここもぐっしょりだね」

田崎の嬉しそうな呟きに、青子は羞恥と期待で腰をもぞもぞさせる。

「あなたが欲しいって言ったわ」

泣きそうな声だった。あんなに気持ちいいことばかりされて、濡れない筈がない。

「可哀想だけど、もう少し虐めさせてくれ」

「え？」

田崎はそう言いながら、布の隙間から自分の指を差し込んだ。

――とぷん。

薄い茂みを掻き分け、蜜で濡れそぼった青子の花弁に彼の指が沈み込む。

「あ、あぁあ……んっ」

愛液が沁み出していたそこを、田崎の指が掻き混ぜ始めた。ぬちゃぬちゃと淫猥な水音が青子の耳を刺激する。田崎は中指で蜜口を抜き差ししながら、親指で膨らんでいた真珠を押し潰した。

「やぁ……っ」

思わず田崎を握る手に力がこもり、彼が呻く声が聞こえた。

田崎は自分を握っていた青子の手を離させると、青子のショーツを引き剝がし、膝を割ってその間に入り込む。

「田崎、さん……？」

青子の膝の間に、田崎の頭が沈み込むのが見えた。

「あ、や、だめぇ……」

何をされるか気付き、青子は逃げようとする。

しかし田崎の腕は青子の太腿を下から抱え込んで、がっちりと捕まえていた。

濡れそぼった陰部が、田崎の目に晒されていると思うだけで恥ずかしくて仕方がなかった。

「や、見ないで……っ」

青子の抵抗むなしく田崎の顔がそこに近づき、ピンク色の花弁の中心に舌を差し込まれる。

「やぁあ……っ」

おかしくなりそうだった。指で弄られたことはあっても、舐められたことなんてない。

亀裂を舌が何度か往復し、溢れていた青子の蜜を掬《すく》い取る。想像もしなかった快感が体中を駆け巡り、腰がびくびくと跳ねた。田崎はそのまま隠れていた淫粒を探し出すと、じゅっと強く吸った。

「…………っ！！」

言葉にならない快感が一気に押し寄せ、宙に放り投げられる錯覚に陥る。

下腹がぎゅっと収縮し、青子の体から一気に力が抜けていった。

「はあ、はあ、はあ……」

頭の中が真っ白になり、荒い息だけを繰り返す。太腿を抱えていた筈の田崎の手が、離

れていたことにも気付いていなかった。

「前回も思ったけど……青子さんて、イき慣れてないよね」

「あ……」

淡々とした声は、バカにしているわけではないのだろう。

「私……今までイったことなかったの。だから、あんまりセックスって好きじゃなかった」

正直に言ってしまったのは、まだ快楽に囚われて頭がぼんやりしているからかもしれない。

愛撫されるのは嫌いじゃなかった。けれど青子が昇り詰める前に克之が射精し、その後「イった？」と聞かれると正直に言うのは悪い気がして、いつしか必死でイくふりをするようになっていた。

自分は不感症なのかもしれない。ずっと、そう思っていた。

「今は？」

「へ？」

田崎に聞かれて戸惑う。

「前回初めて君と抱き合った時、やばいくらいに気持ちよかったんだけど。――僕だけ？」

彼の手が、優しく青子の頬を撫でた。――分かってるくせに。分かってるくせに。

「気持ちよくなかったら、こんなにおかしくならないよ――」

完全に涙声になってしまった。恥ずかしいのか悔しいのかよく分からない。

ぎゅっと目をつむった青子の瞼《まぶた》に、田崎はそっと口付けた。

「ならよかった。今度は一緒にイかせて」

言葉の意味を察して、耳と頬が熱くなり、胸が詰まる。青子は小さくこくんと頷いた。

再び足を持ち上げられ、蜜口にゴムを被せた硬いモノが押し当てられた。

「いくよ？」

「うん」

田崎の声と共に、ソレはゆっくり入ってきた。青子の蜜洞は、招くように受け入れていく。まるで磁石が吸い付くように、田崎は一気に青子の一番深い場所まで入ってきた。

「ぁあ……っ」

一番奥に当たった気がして、青子は喘いだ。

「やっぱ、すごくぴったりだ。締め付ける強さもすごくいい……」

深く息を吐きながら、田崎が愉悦の声を漏らす。

「ずっと、繋がっていたくなる」

「あ、私も……」

堪らなかった。こんなにも繋がることが嬉しくて気持ちいいなんて。熱く張り詰めた塊は、青子の一部になっているみたいだ。

「動くよ」

「うん」

ぴったりと奥まで埋まっていたそれが、引き抜かれ、また強く押し込まれる。

「あぁ……っ」

振り落とされる錯覚に、青子は必死でシーツを掴んだ。内側を擦られる快感は、何物にも代えがたく青子の脳を蕩かした。

「あぁっ、たさ、きさ…ん、あ、あ、あぁあ……っ」

抽送が激しくなり、何度も奥を突かれる。その度に瞑った目の奥でキラキラと何かがこぼれる気がした。突かれる度に体の奥からじわじわと何かがせり上がってくる。

「や、怖い、田崎さん、もうダメ……っ」

何を叫んでいるのかも分からないまま、青子の中で田崎が弾ける。その瞬間、一気に押し上げられた快感に、青子は溺れた。再び何度も腰がびくびく跳ねる。青子の中で、田崎もびゅくびゅくと精を吐き出し続けているようだった。

うっすらと目を開けると、汗だくになって眉間に皺を寄せた田崎の端正な顔が見えた。二人で同時にイった多幸感に、青子はうっとりと酔っていた。

その夜は、一度では済まなかった。田崎が「まだ足りない」と言ったからだ。

それならと、青子は田崎を仰向けに寝かせ、その上に跨《また》がった。

「青子さん?」

田崎の問いかける目に微笑んで、青子は半ば力を失くしている田崎の男根に、自分の性器を擦りつける様に腰を前後に振りはじめる。まだ愛液でぬかるんだそこは、じゅぶじゅぶと淫猥な音を立てて青子の腰を滑らせた。膨らんできたそこに、わざとクリトリスを押し当てて擦る。青子の快感が再びゾクゾクと高まっていた。

「すごいな……」

田崎は感心した声を出しながら、目を閉じて自分の快感を追い始める。

硬くなってゆく田崎の肉棒はますます青子の欲望を刺激し、陰部は一層ぬちゃぬちゃと濡れた音を立て始めた。

「あ、田崎さん、田崎さん……っ」

表面を擦るだけでは足りなくなってくる。いつしか田崎の欲望はすっかり硬度を回復していた。

田崎の手が伸びて、ふるふると揺れる青子の乳房を捕まえた。そのまま柔々と揉みしだき、上を向いて硬くなっている乳首をぎゅっと摘まむ。

「あぁ、やん、気持ちいい……っ」

表面を擦るだけでは物足りなくなっていた。

田崎は上半身を起こして青子を抱き締める。

「もう、挿れて欲しい？」

「ええ。お願い、挿れてぇ……」

田崎は素早く新しいゴムを被せると、青子を向かい合う格好で自分の膝に跨らせた。

「さあ、自分で腰を下ろしてみて」

青子は田崎の猛りに手を添え、恐る恐る腰を落とす。深く彼が突き刺さると、込み上げてくる快感に震えた。田崎が青子の手を指を絡める形で握り、上体を支えてくれる。

「動ける？」

揶揄うような声に、青子は「うん」と頷いた。

そっと腰を浮かせ、また下ろす。その途端、田崎が腰を突きあげてきた。

「あぁんっ！」

ズン、と奥を突かれて視界に星が散る。

「さあ、もっと」

言われるまま、それを繰り返した。向かい合う体勢は、青子の花芽をも田崎の肌で擦り合わされて刺激し、さっきと違う快感を連れてくる。

「や、これ、おかしくなっちゃう……っ」

「いいから。もっとおかしくなって」

「や、だめぇ……はぁんっ」

腰を落とすたびに下から突かれて、何度も意識が飛びそうになった。

「青子さん、上手だ。可愛い」

田崎の低い声が、甘く遠く聞こえる。

「田崎さぁん……」

子猫のように甘える声が止まらず、何度目かの突き上げで青子はイってしまった。

力が抜けてしまう青子の体を、田崎が抱きとめる。

「いい子だ。すごく上手だった」

褒められて有頂天になった。朦朧とした意識のまま、彼の首に手を巻き付けて深いキスをする。田崎の欲望は滾ったままで、ずっとこうしていたかった。

しかし田崎はそうもいかなかったらしい。

青子を優しく横たえさせると、繋がったままの腰を前後させ始める。

「ん、…ふ、も、ダメ、あぁあ…やぁ……っ」

イったばかりの青子の体は、恐ろしいほど敏感になっていた。

田崎の動きが急激に早まり、青子のナカを激しく往復したかと思うと、一気に強く突き上げられた。

「青子……っ」

掠れた声が青子の名を呼び、大きな体が覆い被さってくる。

汗にまみれた田崎の体をぎゅっと抱き締めて、青子はすぅっと意識を失った。

5. 嫌じゃないけど困る。困るけど嫌じゃない。それが問題？

腰が重くてだるい。

結局起きてからもう一度した。その時は青子が下だった気がするが、よく覚えていない。多忙で倒れるような人の、どこにそんな体力があるのかが分からない。全然分からない。

「まあ、それは別腹って言うか……」

「私は食後のデザートですか？」

「いや、むしろ誕生日に用意されてるでっかいケーキとか」

ワクワク度が違うと言いたいのだろう。大の大人の男が誕生日ケーキにワクワクするかは甚だ疑問だが。――とはいえ。

「ワンホール、全部自分で食べきった顔してるし！」

「美味しそうで我慢できなかったから否定はしません。実際、最高に美味しかったし」

「！」

真っ赤になった青子をよそに、床に落ちていたボクサーショーツを身に着けながら、田崎は子供のようにくしゃっと笑った。余程すっきりしたのか、顔もピカピカしている気がする。青子の方は立つことさえ覚束ず、まだガーゼケットにくるまったままなのに。

「青子さんはまだ休んでていいですよ。かなり無理させたからしんどいでしょう」

（だから！　そういう見透かしたようなことを言わないで！）

確かに前回も含めセックス自体久しぶりな上、自分でも初めてだと思うあられもない乱れっぷりに、体中が悲鳴を上げている。ぶっちゃけ、普段使ってなかった筋肉が痛い。

「それとも一緒にシャワーを浴びるならマッサージしてあげるけど」

「いえ！　結構ですから！」

優しい言葉とは裏腹の不穏な笑みに、一抹の恐怖を感じて即拒否った。マッサージだけで済まなかったら、これ以上は体がもたない。

「僕がシャワー済んだら、バスタブにお湯張っとくよ。浸かれば少しは楽になるかもしれない」

それでもそんな優しい声をかけて、田崎は部屋を出て行った。去り際に見えたのは、しなやかな背中の肩甲骨辺りに赤い線が何本か。——しまった。

職業上、爪は短くしてあるのに、あんな痕を付けてしまうなんて。よほど強くしがみついてしまったんだろうか。職場で誰かに見つかって、嫌な思いをしないといいが。

いや、慣れてそうな人だから、それくらいはさらりと躱《かわ》すかも。

壁越しに微かな水音が数分続いた後、ドアの開閉音と、ごそごそと衣擦れがする気配がする。体を拭いて、服を着ているのだろう。

案の定、田崎は寝室のドアを軽くノックし、「よかったらお風呂どうぞ」と声をかけてくれた。せっかくなので使わせてもらうことにする。さんざん汗をかいたくせに、事後は体が動かないほど怠くてそれどころじゃなかった。当然だがメイクも落としてない。皆こういう時、どうしてるんだろう？　疲れ果てるまで興じたことなんてなかったから考えたこともなかった。

さすがに汚れた下着を身に着ける気にならず、落ちていた服を抱えて、洗面所に入ると、ドアから顔だけだしてリビングの田崎に声をかける。

「あのー、私のバッグ、洗面所に持ってきてもらっていいですか？　その、色々入ってるので……」

下着の替えやメイクポーチ、その他乙女の身だしなみ道具が何点か。

「了解」

意味を理解したらしく、田崎はすぐに洗面所のドアの外に青子のバッグを置いてくれた。拭き取りシートで顔だけ拭った後、青子はさっとシャワーを浴びて、田崎が溜めておいてくれたバスタブのお湯に沈み込む。さすがに単身者用マンションの風呂だからさほど広くはないが、青子には充分だった。青子のアパートのバスタブよりは断然広い。

「はあー……」

肩まで浸かって深く息を吐く　何と言うか、想像以上の夜だった。想像以上……いや、期待以上？

初めて抱き合った時がすごく気持ちよかったから、それなりに期待値は高かったものの、想定を超える激しさと気持ちよさに青子は溺れた。思い出すとさすがに恥ずかしくて顔が熱くなる。

あんなに強い欲望が、自分の中にあっただなんて。

「げ」

目を落とすと、胸元や太腿に赤い痕が散っていた。田崎が付けたものだ。痛いほど吸われて、それさえも気持ちよさを助長するものでしかなかった。

けれど、これではしばらくネックラインの広い服は着られないだろう。

嫌じゃないけど困る。困るけど嫌じゃない。

「うにゃ～～～～……」

こぽこぽとお湯に沈み込んだ。

昨夜のことを、思い出すだけでにやけそうになる自分がやばい。

――気持ちよかった。息ができないほど苦しいのに、堪らなく気持ちよくて、天国にも行けそうだった。あんなのヤバすぎる。

（すっごく、優しくされたなあ……）

田崎のセックスは、テクニックもあるのだろうが、自分本位なところが全くない。青子は感じるふりもイくふりも、まったくする必要がなかった。常に青子の反応や望みを素早く確実に察知して、それ以上に応えてくれた。甘やかされたし大事にされたという実感が、青子の体中に残っている。それはふんわりと優しい感触を以て青子を満たした。

（いい香りの高級柔軟剤みたいな人だな）

そんな風に考えて、自分の発想がおかしくなった。

たとえるのが柔軟剤？　どこまで家事屋の発想なんだか。

余韻に浸っていたら思った以上に時間が経っていたのだろう。「青子さん、大丈夫？のぼせてない？」とドアの外から声がかかり、慌てて「大丈夫です」と湯船から立ち上がったらさすがに軽く眩暈《めまい》がした。田崎が洗面所を出たのを確認して、体を拭いて身支度を整える。

今日は遠慮せずバスタオルを使った。オーガニックコットンのバスタオルは、やはりふわふわと肌触りが良い。

「すみません。お湯に浸かったらぼーっとしちゃって……」

恥じらいながらリビングに戻ると、コポポ、とコーヒーメーカーが音を立てている。芳醇な豆の香りが部屋に広がっていた。

「僕はコーヒーを飲むけど、青子さんは何にします？　紅茶もあるけど」

ネイビーのリネンシャツにカーキのワイドパンツ。第二ボタンを開けた先に覗く鎖骨のラインが色っぽい。思わず首筋にむしゃぶりつきたくなって、そんな自分を恥じらい彼から目を逸らした。どこまで思考がエロくなってんだか。猛省。

「私もコーヒーでお願いします。あ、でもその前にお水を貰えますか？」

「はい」

　グラスの水を渡され、一気に飲み干す。冷たいミネラルウォーターが、風呂上がりの体に心地よく沁みこんでいく。

「体、大丈夫？」

「はい。あの、まあ……」

　気だるさは残っているが、動けないほどではない。

「悪いけど、僕は午後から仕事なんだ。体が辛ければゆっくりしてってくれていいけど」

「いえ、一緒に出ます」

　家主がいないのに居座るような、厚かましい真似はできない。

「……相変わらず、そういうとこはクールだなあ」

「は？」

　なんのことかと田崎の顔を窺おうとしたが、ちょうど出来上がったコーヒーをマグに注ぐところで、湯気でよく見えなかった。

「分かった。とりあえず朝飯にしよう。パンでいいかな。あとはチーズかヨーグルトと、フルーツも少しある」

「嬉しいです。頂きます」

　適当に用意してくれた朝食を、二人で食べる。やはり言葉は少なかったが、最初に共に昼食を取った時ほど緊張感はなく、沈黙もゆったりとしたものになった。

「昨夜は素敵だった」

一通りの皿が空になり、二杯目のコーヒーを飲みながら田崎が呟く。

「ぐふっ！」

昨夜の自分の痴態が凄まじい勢いで蘇り、青子の顔に一気に血が上った。

「青子さんは？」

——それを訊く？　分かってるくせに！

（っていうか、ぐふってリアクションはないだろう、自分！）

音を立てずに深呼吸をして、青子は気を落ち着けながら言った。

「私も……すごく良かったです」

真っ赤に染まった顔を見せないように俯いて喋ったから、ぼそぼそした声になる。

「最初の時も思ったけど……僕たち、体の相性いいよね」

「……………」

答えるのに躊躇ったのは、絶対的な比較経験が少ないからだ。一人目は必死だっただけでよく覚えてないし、二人目は……相性が良くなかったのだろうか。それとも単にテクニックの差？　田崎との行為と比べれば、落差が激しすぎてどう判断してよいか分からない。

「体の相性って、やっぱりあるんですか？」

青子は素朴な疑問を口に出す。

「そりゃあ、まあ……。普通のコミュニケーションと同じですよ。会話が続く、続かない。リアクションがいい、悪い、みたいな。相手のことを思って何かをしても、通じやすい相手と全然通じない相手がいるでしょ？　要は感覚や感受性の周波数が近いというか」

田崎の説明は分かりやすく、すとんと胃の腑に落ちる。

「ごめんなさい、変なことを訊いて。――そうなんですね」

「今までの人とは、あまり感じなかった？」

核心を突かれて僅かに動揺した。

「……気持ちよくなかったわけじゃないです」

少なくとも、抱き合いたいと思うほどには好きだったわけで。それをすべて否定したくはなかった。

「でも……田崎さんとのセックスとは、全然違ってたかも」

「どんな風に？」

ひたと見つめられて居心地が悪くなる。でも正直に言わなければ、田崎の青子に対して開けられているドアが閉まってしまいそうな気がする。

つまらない見栄で、この関係を終わらせたくはなかった。

「田崎さんとのそれは……欲望のメーターが振り切れた感じ？」

快感に度数があれば、そんな感じだろう。もうこれ以上はないというくらい気持ちいいのに、更に深い快感を与えられ、意識は散り散りに乱れて溺れそうになった。それが少し怖くて、でも溺れたくて仕方がなかった。

　青子の答えは田崎を満足させせたらしい。

「また、来るよね」

　それは確信に基づいた確認だった。日常仕事に上司が読みもせずサインする書類程度の。

「田崎さんさえ、迷惑じゃなければ」

　青子はありったけの理性を掻き集めて言った。青子だけが依存し、甘える立場にはなりたくない。たとえ心の中では荒れ狂うほど求めていようとも。

「それはこっちのセリフじゃないかな。正直仕事は忙しいんで、この間みたいに外食とかデートみたいなことはできないよ？」

「別に……それは望んでません」

　恋人でもないのにデートをする必要はない。けれど田崎の目が微かに曇ったように見えるのは気のせいだろうか。しかしその曇りはあっという間に消え去ったので、彼の真意は見えなかった。

「助かります。今までそれで散々文句を言われていたので」

「そう、なんですか」

　苦笑しつつも苦にしていない田崎を見つめ、青子なりに状況を分析してみる。

　確かに田崎ほどの外見スペックが高い男なら、連れ立って歩く快感はあるだろう。恋人同士ならどんな形でも一緒にいたいと思う気持ちも、当然ある筈で。だけど青子自身はどちらかと言えばインドア派だし、多忙で疲れている人間を連れ回す趣味もない。ましてや恋人でもないのに。

「基本的に私の仕事は日中が主なので、夜は大抵空いています。田崎さんが連絡をくれれば、都合のいい時に伺います」

幸い青子のアパートは、田崎のマンションからさほど遠くはなかった。強がるわけでもなく淡々と提案する青子の顔を、田崎は片腕で頬杖をついてじっと見つめる。

都合のいい女、という言葉が浮かんで、必死に追い払った。

――違う。仕事形態が違うのだから、互いに無理のない形にしようというだけだ。青子の方が自由が利くのだから、田崎に合わせるのが道理だろう。

「――OK。じゃあこうしよう。なるべく金曜日の夜は空けるように努力する。それでも会えそうにない時は連絡します。それでどう？」

「わかりました。確かに私もその方が予定を立てやすいわ」

「じゃあ、合意を得たところで、もう一回する？」

いたずらっぽい笑みに、飲もうと口をつけたマグからコーヒーを吹きそうになった。

「なななななななんでっ！」

「仕事に出るまであと二時間はある。もう一回くらいはできるよ？」

（ぎゃーー、蕩けそうな笑顔でそんなこと言わないで！）

「……あいにく！　替えの下着は一枚しかないんでっ」

「最初から全部脱げば問題ないでしょう」

「……………！」

（それはそうなんだけど！　昨夜あんなにしたのに、まだ物足りないんだろうか？　こっちは体のあちこちがだるくて、平気な振りをするだけで精一杯なのに。っていうか、今って爽やかに晴れた午前中なんですけど！）

「それとももう濡れちゃった？」

「な――っ」

田崎の手が伸び、殴ろうと握りしめかけた青子の手に指を絡めてきた。それだけで、体のどこかにあるスイッチが、かちりと入る音が聞こえた。田崎が欲情を隠さぬ目で見つめてくる。絶対この人、全部分かってる。

「バカ……っ」

悔し紛れにそう言い捨てる。田崎がじゃない。拒否できない自分がだ。

その言葉が合図だったように、田崎は立ち上がって青子を抱き寄せ、キスしながら彼女の服を脱がせ始めた。


そろそろ陽射しの強さが目に染みる季節になってきていた。凶暴さを増す太陽に目を背けて、青子は帽子を深く被り直す。その日の午後は、数少ない在宅の家だった。

青子は勢い良く茂った紫陽花《あじさい》の植え込みに隠れそうになっているインターフォンを押して来訪を告げる。すぐに中から「どうぞ」という声が聞こえた。表札には筆文字で「久《く》住《ずみ》」と書かれている。一人暮らしの老女が住む小さな一軒家で、青子にとっては別の意味で厳しい緊張感が求められる家であった。

と言っても、家が汚いとか家人が口うるさいとかではない。寧ろ家人はおっとりと上品な女性で、好感の持てる人物だった。そして、家の中はいつも綺麗に整えられている。

床に直接置かれる物はなく、すべての物はいつも決まった場所にきっちりしまわれ、塵一つ落ちていない。食器棚のガラスでさえ綺麗に磨かれている。

正直、家事代行の必要があるとは思えないほど、整った家だった。

とはいえ、家の主である久住澄江《すみえ》は、老齢のため数年前に白内障を患い、視力が低下していた。そんな彼女の一人暮らしを心配し、県外に住む長男が、母親の為に外注家事を依頼してきたわけである。

しかし澄江にとって住み慣れた我が家の掃除はもはやルーティンワークであり、理にかなった作業手順は、視力が弱っても衰えることはなかった。元々美しく調えられた家は、家事能力も高い水準を求められる。それが、この家に携わることへの緊張感の正体だった。

「こんにちは。今日は何かご希望はありますか？」

素早く身支度を整えた青子は、いつも通り、澄子に希望を尋ねる。

日頃の家事に差し障りがなくても、たとえば客用の布団類を干すといった力仕事や、照明器具の交換と言った高い場所での作業などは澄江にも荷が重くなっている。だから、青子は基本契約の通常作業以外に、その日ごとに澄江の希望を聞くことにしていた。

「そうね、暑い中を申し訳ないのだけど、庭の草むしりをお願いしていいかしら。なるべく朝早くにやってるんだけど、最近追い付かなくて」

「わかりました」

青子は気持ちの良い笑顔で答える。

決して広くない小ぢんまりとした庭は、さほど荒れてはいなかったが、凶暴な雑草が隙あらば陣地を増やさんとしているのが隅々に見て取れた。特に日陰に根付くドクダミは、引き抜こうとする青子に激しい抵抗を見せる。

青子は点在する雑草の群れを丁寧に駆除した。

「まあまあ、綺麗にして貰って助かったわ。年のせいか、屈みっぱなしもきつくなってきちゃって、……やあねえ」

澄江は笑いながら、冷たい緑茶を出してくれた。通常、客からの接待は断るのが暗黙のルールだが、この時ばかりは有り難く頂くことにする
「でも久住さんが大事にされているのが分かるお庭です」

濡れ縁に腰をかけ、満更お世辞でもなく青子は言った。

「元々亡くなった主人が色々手をかけていたのだけどね。私では毎日水をやるくらいが精一杯」

澄江はうふふと声を出して笑う。そしておもむろに青子を見つめて言った。

「――江利宮さん、最近、何かいいことがあった？」

「え？」

「変なことを訊いたのならごめんなさいね。何か最近、あなたが働いている時の音がいい気がして……」

「――音、ですか？」

「ええ。視力が落ちたせいかしらね、逆に人の音が聞こえるようになったの。なんていうのかしら……結構人が立てる音ってその人の内面が出るものなのよ。こう、慌てがちの人は騒々しかったり、逆に引っ込み思案の人はためらいがちな動きの音を出してたり。江利宮さんは元々手際が良くて小気味のいい音を立てる人だったけど、最近はこう……テンポが軽快な気がしたの」

澄江はゆっくり言葉を選びながら言った。青子の頬が暑さだけでなくほんのり赤くなる。

週一で田崎に会うようになって、一ヵ月近く経つ。そして確かに彼と会うようになったことで、青子の生活にはメリハリが生まれていた。

週に一度のご褒美デーは、確実に日々のモチベーションをアップさせている。

それだけでなく、体調もすこぶるいいし、寝つきもよく、そのせいか肌の艶も増している。よもやセックスにそんな効果があるなんて、驚きだった。

（――女性ホルモンがアップしてる？）

「ごめんなさい。余計なことだったわね。でも江利宮さんが楽しそうに仕事をしてくれるから、私も何となく楽しい気分のおすそ分けを頂いてたんだわ。勝手にごめんなさいね」

「いえ、恐縮です」

気分が浮かれていたのを見抜かれたのは気恥ずかしいが、仕事にプラスに転じていたのなら悪いことではない。

「えーと、最近、その、運動をはじめまして。それが体に合ってたみたいで調子がいいんですよ」

運動、と言っても差し支えないだろう。実際、した後は激しく疲れているし軽い筋肉痛もある。まさかセフレができて、なんて言うわけにはいかない。

「ああ、そうなのね。健康ってやっぱり大事よねえ」

その後、健康に関しての話でひとしきり花が咲く。

和やかなお茶タイムを終え、その日の作業は終了した。

暑い日差しの下での作業はきつかったが、青子の気持ちは妙にせいせいと澄んでいた。


本部の専用パソコンに送られてきた、各店舗の月締めの報告書に目を通し、田崎は渋面になる。

「なんだ、やっぱ六原《りくはら》店か」

田崎と同じくエリアマネージャーの上条《かみじょう》が声をかけてきた。

「ええ。木嶋《きじま》君がまだ弱いですねえ」

木嶋は若い新任店長で、まだうまく回せているとは言い難い。

六原店自体は立地条件もよく、客足も安定している筈なのだが、発注の過不足による食材ロスが多く、結果として純利を下げている。

「その割にはキリキリしてないなあ、お前」

「そうですか？」

「ああ。以前はこんな結果を見たら、頭に角生やして脳みそ沸騰しそうになってたぞ？」

からかう声は、長い付き合いゆえの気安さである。田崎が店長《ストアマネージャー》だった頃の、担当のエリアマネージャーが上条だった。田崎が『カフェ・ヴェルドーラ』のエリアマネージャーに就任したのは一年前で、三十歳目前だったとはいえ二十代の就任は珍しく、それまでの店長としての功績を認められた上での異例の大抜擢だった。

大抵、本部付のエリアマネージャーになるには十年以上の店長経験を経て、早くても三十代半ばで就任するのが常である。上条に至ってはもう四十半ばを過ぎていて、当然妻子はいるし、そう遠くない時期に人事課へ異動の噂も出ていた。

「お前もさ、エリマネになったばっかかで入り過ぎてた肩の力が、やっと抜けたか？」

「そんなんじゃないですよ」

否定してみたが上条の指摘は、あながち的を外しているとは言えない。

店を成立させる要素は様々だが、赤字を出せばそれはエリアマネージャーの責任である。各店長からの社内SNSメッセージでの報告だけでなく、店舗を実際に回って、赤字の原因を突き止めて改善しなければならない。

やろうとすればするだけ、仕事は確実に増える。基本的に、本部付けの人間は週末休業だが、店舗は週末が一番混むので、フォローに回ると休みはないも同然になった。

そろそろこれはやばいかと、連休を決めた直後に家で倒れたのは、さほど古い話ではない。

休み中の出来事だったから、会社にばれなかったのが不幸中の幸いだった。

「でも、飯は極力食うようになったかな」

初めて青子に会った時のことを思い出しながら、田崎はぼそりと呟いた。

青子との付き合いは順調だ。彼女は手がかからない。デートや外食を求めることもなければ、メールでの甘いやり取りやプレゼントも欲しがらなかった。連絡はいつも簡潔に用件のみである。

そのくせ情が薄いかと言えばそんなことはなく、むしろ会っている時は細かい気遣いを見せる。

「……女か」

上条の突然のツッコみに、ポーカーフェイスで答えた。

「まあ、そんなところです」

「慌てもしないのが可愛げないよな、お前。遊ぶのは結構だがスタッフだけはやめとけよ」

「しませんよ」

店舗スタッフは店長とメインシェフ以外はほぼパートやアルバイトで、当然ながら女性も多い。恋愛感情が絡めばやはり厄介だしトラブルになりやすい。

青子はその点、ちょうどいい立ち位置だったと言える。彼女の仕事ぶりは以前から評価していたから、プライベート空間に入られるのも嫌悪感はない。

そして彼女とのセックスはとても良かった。

多忙な田崎にとって、青子との定期的な逢瀬は、ちょうどいいガス抜きになっていたと言える。

「モテる男はいいねえ」

「モテませんよ」

「そのツラで言うか？」

「この顔の割に当たりがきついんで」

「あー……」

上条は納得したように頷く。実際、田崎が自他共に厳しいタイプなのは周知の事実だった。

「今の女は？　付き合ってるんだろ？」

「あー……」

今度は田崎が口ごもった。青子に関しては、今のところ嫌な部分はないし、たとえ指摘しても、彼女なりの冷静な返事が戻ってくるだろう。何となくだが、それは確信している。

もっとも上条の言うような恋愛関係とは少し違うのだが。

「大人、なんでしょうねえ」

結局そう結論付ける。実年齢は田崎より少し若いかもしれない。年を聞いたことがないのでよく分からない。しかし妙に達観した、というか冷めた部分があるのは確かだった。

つかず離れずの距離感が良いともいえる。

「へーへー、せいぜいうまくやるんだな」

砂を吐く顔で上条が頭を小突く。

「そうします。——ちょっと店舗回り行ってきます」

「ほどほどにしとけよ。スタッフを信頼して任せるのも仕事の一つだぞ」

「了解です」

田崎は必要書類と営業用タブレットを鞄に詰めると、立ち上がって会社を後にした。

6．そもそも恋愛関係ですらないのに

田崎からキャンセルの連絡があったのは先週に引き続き二回目だった。

もちろん家事代行ではなく、プライベートの方だ。

『ごめん。また連絡する』

それはいい。もちろん多少の失望はあるが、無理強いする気は毛頭ない。それより気になるのは部屋の様子だった。週一で入る田崎の部屋は、明らかに、今まで以上に荒れている。

下着はさすがに脱衣所の籠に入っているものの、ワイシャツや背広、部屋着らしきTシャツやスエット、ジーンズ、バスタオルなどがリビングのソファやカウンターチェアの背もたれに、前にも増して乱雑にかかっていた。郵便受けから持ってきたらしき封書などは開けた気配もないし、新聞は開いたままテーブルに広げられている。さすがに見かねてメッセージを打った。

『下着やタオルと一緒にワイシャツも洗濯しましょうか。もしくは帰りにクリーニングに出すことも可能ですが』

五分後、多忙の隙間を縫うように返事が来る。

『分かりました。クリーニングにお願いします』

マンションの一階にクリーニング店がある。しかし多忙な田崎は営業時間内に行けないのだろう。支払いは田崎が本部に預かり金を渡すことで落ち着いた。

青子は安堵の息を吐いて、まずは洗濯機を回す。

衣類を洗濯とクリーニング用に分けてまとめ、背広をハンガーにかけて寝室のクローゼットにかけると、部屋の乱雑さは半分に減った。元々田崎はあまり家で食事をしていないようなので食器類の洗い物は少ない。ありがちなコンビニの弁当やインスタント食品のパッケージゴミなどもなかった。それはそれで、逆にちゃんと食べているか少し心配になる。

残りは概ね紙類だ。新聞や郵便物、雑誌や書類、床に落ちているレシートや謎の商品タグ。

基本的に、客の家にあるものはゴミ箱に入っていない限り決して捨てられない。もちろん依頼主から『これは捨ててくれ』という指示があればそうするが、どんなにゴミに見えても、依頼主にとってもそうとは限らない。

増えた作業内容を何とか時間内にやり終え、そんな自分を最大限に褒めつつ、青子は田崎家を後にした。

夕方、『フォレスト』の事務所を訪れたのは、田崎からの預かり金を受け取るためだった。今後もクリーニングを出すのと受け取りがあるかもしれないとのことで、五千円入った専用財布を預かる。使うたびに領収書を発行してもらい、保存して月締めで提出するシステムだ。

「じゃあ、これ、お願いします」

上司の琴原はそう言って、お金の入った財布を青子に渡す。しかしそのまま物問いたげな顔を向けているので「なんですか？」と尋ねた。

琴原はしばらく言うべきかどうか、迷う顔をして「う～ん」とか「むう」とか唸っていたが、青子の強い視線に根負けしてようやく口を開いた。

「……あまりスタッフのプライベートに口を突っ込む気はないんだけどさ……、その後、田崎さんとはどうなの？」

（あー……）

真正面から来られて目が泳ぐ。

そういや、食事に誘う時にわざわざ上司に許可を取ったんだった、あの人。

「そうですね。以前よりは多少気軽にやりとりできるようになって……オトモダチ的な感じでしょうか。でも忙しい方なのでそんなにお会いすることは……」

とりあえずポーカーフェイスモードでそうごまかした。大まかには嘘ではない。正確には友達以上恋人未満、だろうか。もちろんその辺りを会社の人間に他言するほど、青子も浅はかではない。

しかし琴原は更に食い入るように青子を見つめてきた。

「なんですか、一体。仕事とプライベートはちゃんと分けてるつもりですが」

「いや、その辺は信用してるつもりなんだけど……」

「じゃあ信用してください」

「うん、ただ……」

どうにも琴原は歯切れが悪い。更にしばらく逡巡する顔を見せた後、口元に手を添えてヒソヒソと話し出した。

「実はさ、昔、いたんだよね。会社を辞めて担当のお客さんをとってっちゃった人」

「……は?」

(とってっちゃった?)

一瞬、言葉の意味が分からず、青子はきょとんとした顔になる。

「うん、だからさ。一身上の都合で、って辞めちゃって、その後彼女が担当していたお客さんも何人か解約しちゃって。依頼者が固定のスタッフに執着するのはありがちなんだけど、なんかおかしいなって調べたら、なんとその人、担当していたお客さんと個人契約してたの」

思ってもみなかった話の展開に、青子の目は更に丸くなった。

「そりゃあねえ、会社を通さなきゃお客さんの支払いが直接稼ぎになるわけだから、彼女は稼ぎが増える、お客さんは単価が安くなるで、まあ万々歳だよね」

苦いものを噛みしめる顔で、琴原はぼやいた。

「うちみたいなサービス業は、個人のプライベート空間にお邪魔するわけだから、そりゃあ信用第一じゃない。その人もね、愛想はいいし手際もいいしで、お客さんの評価は良かったんだよ。だから辞めるって聞いた時は残念がってたんだけど……蓋を開けてみたらびっくり箱。だからスタッフがお客さんに信用されるのはとっても有り難いことなんだけど…、仲良くなりすぎると一抹の不安が、ね……」

「しませんよ、そんなこと！」

思わず叫んでしまう。実際、微塵も考えたことはなかった。

「うん、江利宮さんはそんなことする人じゃないって信じてる。重々分かってる。ただあの時のことは僕も会社もショックが大きかったからさあ……」

そう言って、琴原は気まずそうに薄くなりかけた頭をポリポリと掻いた。

よほど信頼していたスタッフだったのだろう。そう思えば、琴原が気にするのも理解できて、それ以上言い募る気にはなれなかった。だからわざと軽い口調で肩を竦めて見せた。

「大体、個人契約なんて何か起きたら自己責任じゃないですか。そんな面倒なこと、したくないですから」

たとえばスタッフと依頼者の間でトラブルが起きた場合、会社に属していれば中間のクッションになってくれる。単純な例で言えば、お客の家の何かをうっかり壊してしまった場合、会社なら保険に加入しているからそちらから支払えるが、個人の場合は全額本人の弁償になるということである。安いものなら多少の出費も痛くないだろうが、ものがブランド品など高級だった場合はかなり深刻だ。

そうだよねーと笑いながら、幾分、琴原の顔が明るいものになった。

「それより以前お話ししていた件ですけど……」

「あ、そうだ。資料と教材用意してあるから、ちょっと待ってて」

「はい」

まさか青子と田崎の接近で、そんな懸念が浮上していたなんて思いもしなかった。

琴原が席を外した途端、青子は音を立てないように大きな溜め息を吐いた。

「へー、そんなことが！」

琴原の話に一も二もなく食いついたのは、本業がライターの梨麻である。

家事代行が休業の日曜日、珍しく本業が忙しい梨麻の為に、青子は友情報酬で部屋の片付けや食事の作り置きを作りに来ていた。

家事代行を副業にしている割に、梨麻の部屋は気が付けば色んな資料がうず高く塔を形成している。梨麻本人曰く「だって仕事ならお金貰えるから割り切ってやるけど、自分ちはそこまで気にならないもん」だそうだ。もっとも梨麻なりの収納方法と収納場所が確立されているので片付け自体はそう難しくない。単にひたすらとっ散らかっているだけである。報酬は梨麻が仕事柄貰うことの多い、映画の試写会や展覧会のチケット等だった。

青子に資料整理や食事作りを任せ、必死で締め切りに間に合わせて何本かの原稿のデータファイルを送信した後、大量に作ったエビのタイカレーに舌鼓を打つ。その際、数日前の琴原との話になった。社会の裏ネタは、梨麻にとっては飯の種であり、好奇心を擽《くすぐ》る起爆剤でもある。

「にしても顧客を取られてたなんて、そりゃあ、琴原さんもさぞ驚いたでしょうね」

「うん。軽くトラウマっぽかった」

実際、家事代行の需要は増えているし、起業自体は元手があまりかからないので難しくはない。極論を言えば、家事に必要な道具を依頼主の家で提供してもらえれば、身ひとつで出かけていけばいいだけなのである。

「まー、慣れてるお客さんに絞って仕事するならありなのかな。問題はトラブルとリスク回避でしょうけど、営業は口コミオンリーになるのかな」

梨麻はうんうんとしかめっ面で頷く。

「でも琴原さんのいうこともあながち間違ってはいないんだよね」

「ん？」

「だってちらっと考えなくはなかったもん。田崎さんち、定期曜日の中間くらいにクリーニングだけ届けてあげようかなって」

「あー……」

青子の言葉を聞いて、梨麻の顔に生ぬるい笑みが浮かぶ。

顔見知りになれば情は湧く。生活が荒れているのを見れば、少しは助けてあげたいと思わなくもない。幸い鍵も預かっている。しかし会社を通してやれば料金が発生してしまう。

「やんないけどね」

「そうなんですか？」

「仕事以外で他人の家事はしないって決めてるし。会社にとっても裏切り行為でしょ？」

「それくらいだったら、バレなきゃいいとは思いますけどね」

「そうなんだけど……私が嫌」

「青子先輩らしいなあ」

梨麻はふふふと笑う。感心したとも呆れたともとれる笑い方だった。

良く言えば律儀、裏を返せば融通が利かないともいえる。もっとも青子の場合、かたくなになる理由は別にあるのだが。

「でも、言ってあげたい気はするかも」

「なんですか？」

「忙しい時ほど、部屋は片付いてる方が精神的に楽ですよーって」

散らかった部屋に帰宅したら、うんざりしないだろうか。あの部屋では、必要なものも埋もれて、どこにあるか探す必要がありそうだ。もっとも今はそんなことを考える余裕もないかもしれないが。

「うーん、男の人の方が、片付けられないことに対しての罪悪感は低いって何かのコラムで読んだなあ」

カレーの中の大きなエビを美味しそうに咀嚼しながら、梨麻が言った。

「そうなの？」

「うん。女の人の場合は多かれ少なかれ片付けができていないと罪悪感とか負い目を感じやすいんだって。『こんなに部屋を散らかしてばかりで、自分はダメな人間だ――』って。でも男の人の場合は『忙しいからしょうがない』とか『誰かがやってくれれば』って思う程度で、自分のマイナス面とはあまり感じないらしいよ？」

「……なるほど。一理あるかも」

かつて、部屋の片付けや掃除を一手に任せていた男を思い出し、青子は暗澹《あんたん》たる気持ちになった。しかし梨麻の話を聞くまで、そんなことに性差があるとは思わなかった。

「まあ個人差はあるだろうし、田崎さんがそういうタイプかは分からないけど。問題は耳に聞こえても当人の心に届くかだよね」

「そう！　それなのよ！」

どんなに心配して伝えた言葉でも、受け手が望んでいなければただのお節介にしかならない。相手を思うが故のアドバイスでも、ちゃんと心に届かなければ結局聞き流されておしまいである。

「で、青子先輩は大丈夫なの？」

「何が？」

青子自身の生活は多忙を極めるようなものではないし、それは前々からあまり変わっていない。変わったことと言えば——。

「だーかーらー！　それだけ忙しいってことは、ここんとこ田崎さんと会えてないんでしょ？　さみし〜わ〜とか、欲求不満とか☆」

梨麻のにんまりと人の悪い笑みに、青子は赤くなって憤慨した。

「そ、そこまで色摩じゃないつもりなんだけど！」

「精神的な話ですよ？」

「！」

語るに落ちたと気付いて言葉に詰まった青子は、手元にあった水を一気に飲み干し、激しくむせた。


『火曜日の夜、会えないか？』

そんなメッセージが入ったのは日曜日の夜のことで、青子は家で試験勉強をしていたところだった。最近青子の生活上に起こった変化のひとつである。琴原の勧めもあって、前々から興味のあった整理収納アドバイザーの資格を取ることにしたのだ。

比較的空いている夜の時間を、何か有益なことに使いたくなった。

資格取得は、今後の生活のために前々から考えていたことではあるが、やろうと踏み切ったのは、田崎に会えないことで、何となく時間を持て余している気分があったかもしれない。

そんな矢先の、田崎からの誘いだった。

（金曜日以外なんて……）

初めてのことだ。もっとも金曜日の指定は田崎の部屋が綺麗に片付いているという、彼の配慮からくるものであり、他の曜日でも青子は特に支障はない。恐らくは散らかっているだろう部屋を、見ないふりをする必要があるだろうが。考えたのは数秒だった。

『大丈夫です。何時に伺いましょうか』

『よかった。では九時過ぎに』

やはり決して時間に余裕があるわけではないらしい。とはいえ九時過ぎに田崎の家となれば、流れによっては当日中の帰宅は厳しいだろう。深夜タクシーは料金が痛い。泊まるつもりで着替えを用意し、早朝帰宅して仕事に出ることになるだろうか。頭の中で算段しながら、それでも断るという選択肢がない自分がおかしい。ここしばらく田崎には会えなかった。梨麻が言っていたことは少なからず当たっていた。少しの時間でもいい。田崎に触れたかった。

九時少し前に行くと、珍しく田崎は在宅だった。

「俺もさっき帰ったばかりで、シャワーだけ浴びさせてもらったよ」

一人称がいつもの『僕』から『俺』になっている。

（ふーん、『僕』が営業用で『俺』が素？）

無意識に地が出てしまう程度には、やはり疲れているのかもしれない。

「別にそれは——」

構わないと言いかけて、不意に抱き締められて止まった。

玄関に上がったばかりの青子を、田崎はただじっと抱き締めている。

彼の使っているシャンプーのシトラス系の匂いが、青子の鼻を擽った。

「田崎さん……？」

「ごめん。もう少しだけこうさせて」

「……うん」

青子はそっと田崎の広い背中に手を回す。それだけで懐かしい胸板の厚みに安堵の眩暈がする。

まだ彼に会って数ヵ月しかたってないのに。

（やっぱり会いたかったんだな）

目を閉じて、しみじみそんなことを考えていたらゆっくり体が剝がされた。熱のこもった目で見つめられ、大人しく目を閉じて顔を傾ける。彼の唇が下りてきて、青子のそれに吸い付いた。

思わず唇を開きかけると、素早く舌が潜り込んでくる。

「ん、……ん……っ、ん、ふ……」

くぐもった息を漏らしながら、青子は爪先立ちになって田崎のキスに応えた。気持ちいい。歯列や口蓋を舐められるのも、舌を絡められるのも。

顔の角度を変えて何度もキスを交わす内に、体の奥にあった熾火《おきび》がチロチロと燃え盛り始め、下腹と足の付け根に熱が集中し始める。

立っているのが辛くなり、彼の背に回している手に力がこもった。

ハアハアと息を切らしながら、田崎は唇を離して青子を見つめる。目元が紅くなって、少し潤んでいるのは、彼も欲情している証拠だろう。

「ベッドへ」

手短に言われた言葉に、青子はこくんと頷いた。連れ立って寝室に入り、着ていた服を脱がされる。ベッドに横たわった時には二人とも下着姿だった。

体を重ね合わせると、田崎が既に怒張しているのが分かった。濡れたキスを繰り返し、青子の肌に唇を這わせながら、田崎の手は着実にショーツを脱がせていく。

そのまま腰を浮かせられ、素早くゴムを被せた田崎が挿入ってきた。

「あぁ………っ」

一気に貫かれ、青子の体が悦びにしなる。青子の中も充分に濡れていた。

あのキスだけで、そう思うと恥ずかしさにいたたまれなくなるが、欲望には勝てない。

——欲しい。もっと欲しい。

「あ、田崎さん…田崎さん…あぁあ…っ」

ゆっくりと味わうような抽送が続き、もどかしさのあまり腰を押し付けると、田崎の動きが激しくなる。パン、パンっと互いの肉がぶつかり合う音が寝室に響いた。

「や、ダメ…そんな、激し——っ、あ、あぁっ」

喘ぎ声が止まらなかった。奥を何度も突かれ、その度に目の奥で火花が散って気を失いそうになる。青子は振り落とされないように、必死に田崎にしがみついた。

「ゃ……っ、ィっちゃう……っ！」

肉棒にかかる強い締め付けに、くっと詰まる息を漏らしたかと思うと、青子の中で田崎が弾ける。極薄の避妊具越しにもその勢いは感じられて、青子の中が一気に収縮した。

どぴゅん、どぴゅんとその後も幾度か小刻みに田崎の精が放たれる。その度に青子の体もビクビクと震えた。

田崎の動きがようやく止まり、息を荒くしたまま体を剥がして青子の隣に仰向けに横たわる。青子のショーツは足首に引っかかったままで、ブラも背中のホックこそ外れていたものの、肩と首元に引き上げられたままだった。——性急なセックス。

全裸よりも淫靡に感じながら、青子は剝き出しになった胸を大きく上下させていた。

ようやく互いの呼吸が落ち着いてくると、田崎の口から「ごめん」と小さな声が漏れる。

青子は何を謝られているのか分からず、腕を伸ばし、彼の頰を包み込んでその目を覗き込んだ。

長い睫毛が二、三度ぱしぱしと瞬きし、眩しいものをみるように青子を見つめる。

田崎は目をゆっくり逸らして体を起こすと、後処理をしながらぽつりと呟いた。

「乱暴だった」

確かに今日の彼は余裕がなく、前戯らしい前戯もなかった。でも嫌ではなかった。

寧ろ彼の中に溜まっているストレスが気になる。

——仕事が忙しすぎる？　それとも何か嫌なことがあった？

しかしそれを訊くのは躊躇われる。互いの関係性として、踏み込んではいけない気がした。だから、慎重に考えて言葉を紡いだ。

「私はよかったし、何も気にしてません。だからもうゆっくり休んで。——ね？」

青子も自分の始末を手早く済ませると、まとわりつく下着も外し、彼を引き寄せて裸の胸に田崎の頭を抱き締めた。田崎はされるがまま、青子の胸に顔をうずめていたが、やがて白い背中に腕を回し、細い体を抱き締める。

激しい運動の効果や満足感もあったのか、彼はそのますうっと寝息を立て始めた。

（やっぱ、疲れてるんだな……）

青子は、少しやつれたように見える田崎の顔を思い出しながら心の中でひとりごちた。そしてそれだけでないストレスもあるのだろう。今日の青子の体は彼のはけ口だった。だから彼は詫びたのだ。けれど青子に嫌悪感はなかった。多少乱暴な扱いであろうと、痛いことや嫌なことを無理矢理されたわけではない。逆に青子を抱くことで、彼が少しでも楽になれるなら嬉しかった。

（今はただ、ぐっすり眠って――）

祈るような気持ちで、青子は彼を抱き締めたまま眠りに就いた。

シャワーの気配で目が覚める。

枕元にあったデジタル時計を見たら五時過ぎだった。外はもう明るい。腰にバスタオルを巻いただけの姿で、田崎が寝室に戻ってくる。カーテンの隙間から入る陽の光で陰影が付いた彼の体は、やはりギリシャ彫刻のように綺麗で、思わず魅入りそうになった。

「ごめん、起こした？」

「いいえ。いつもこれくらいには起きてるし」

青子は基本朝活派なので、通勤前に一通りの家事が終わるよう、早起きが常である。以前、一緒に暮らしていた克之の出社時間が早かったことからの習慣なのだが、ここでそれを言う必要はないだろう。

田崎はクローゼットの前に立つと、バスタオルを外して衣類を身に着け始めた。見慣れた体ではあるのだが、どこか眩しくて、青子はそっと背を向ける。

「悪いけど、もう仕事に出なくちゃいけないんだ。朝食……になるようなものは生憎ないけど、飲み物は適当に飲んでくれていいから」

やはり食料の買い置きも切れているらしい。田崎が背広を着てリビングに行くタイミングで、青子は素早く服を着て洗面所で身だしなみを整える。そうして玄関に向かおうとする田崎に声をかけた。

「あの、私も一緒に出ますから、その前に……」

案の定、荒れているリビングは見ないふりをする。今日は仕事できたわけじゃない。ん？　と鞄に荷物を詰めていた田崎が振り返る。

青子は自分の大きめのトートバッグの中から小さな紙袋を取り出した。

「よかったら、これ……」

訝し気な顔をする田崎に差し出す。

「赤いマステで止めてあるのがグラノーラバーで、緑のが甘くないオートミールバーです。先日自分用に多めに作ったので、よかったらと思って。どこでも手軽に食べられると思います」

ドライフルーツやナッツ類、オートミールを混ぜたバーは、栄養価も高いし腹持ちもいい。しっかり焼いてあるから日持ちもするし、常温でおけるから持ち運びにも便利だろう。

「あの、嫌じゃなければ、ですけど」

余計なお節介だと思われたくないから、あくまでついでを装う。田崎は不思議なものを見るように差し出された包みを見ていたが、やがてそれを受け取ると、近くにあったダイニングチェアに腰かけてくすくす笑い始めた。

「田崎さん？」

何かおかしかっただろうか。しかし田崎はひとしきり笑った後、妙にせいせいした顔で、立っている青子を見上げてこう言った。

「……いや、青子さんみたいな人と会っていると、世の中の結婚したがる男の気持ちもわかる気がして」

――結婚。

不意に上昇した単語に、青子は背中に氷を放り込まれた錯覚に陥った。すーっと体温が下がる。無作為に積んだ積み木の、途中を抜かれたように精神がぐらりと揺れた。

「冗談、ですよね」

「へ？」

青子の声のトーンが微妙に変化したのに気付き、田崎は眉を顰《ひそ》めた。

「冗談ですよね？」

今度は断定する口調だった。

精一杯笑顔を作ろうとしていたが、上手くできているかは自信がない。だって、結婚や恋愛には興味ないと言ったではないか。だから安心して会いに来ていたのに。

「青子さん？」

青子にとって『結婚』は地雷ワードだった。

「――現実感《リアリティ》がなかった一般論を少しだけ理解した、という話です。何か気に障った？」

田崎が淡々と聞き返す。

青子はようやく自分が息を止めていたことに気付き、大きく息を吸って吐いた。

「いえ。そうですよね、ならいいんです」

無理矢理微笑みながら、必死で平常心を取り戻そうとする。別に大したことじゃないじゃないか。疲れている時に優しくされたり気遣って貰えば誰だって嬉しい。それがあんな言葉で出てきただけだ。結婚したいと言われたわけじゃない。そもそも私たちは恋愛関係ですらないのに。

期せずナーバスになってしまったことに自嘲の笑みを浮かべる青子を、田崎はまだ探るような目で見ている。

「これ、どうしますか？」

そんな彼をわざとはぐらかすように、青子は意識的に明るい声を出して、紙袋を目の高さで軽く振って見せた。

「有り難く頂きます。でも――」

「時間、大丈夫ですか？　お仕事なんでしょ？」

田崎の語尾が聞こえないふりをして、青子も身支度を整えようとトートバッグの中身を探る。髪ってもう梳かしたっけ？

「待って」

今度ははっきりとした声で言われたから、聞こえないふりはできなかった。

「何ですか？」

青子の目線はバッグの中に向けたままだ。

「今度、ゆっくり話しませんか」

『何を？』とか『忙しいのに』とか、回避呪文がいくつか青子の頭に浮かんでは、舌に乗る前に空転した。別に隠すようなことは何もない。聞かれないことは黙っていただけだ。互いに干渉しない距離感が心地よかった。それ以上踏み込めば、割り切った付き合いが崩れそうな気がした。

青子が黙り込んだのをどうとったのか、田崎は続けて言った。

「嫌がることを無理に聞き出そうとは思ってません。ただ、もしあなたが触れられたくないことがあるのなら、傷付けることがないように知っておきたいだけです」

田崎の言い方は誠実で、正論でもある。しかし綺麗事のようにも聞こえて軽く苛立つ。少し驚く顔が見たかった。あるいは、少し傷ついた顔が。

「私、バツイチなんです」

だから結論だけ言った。案の定、田崎の表情が固まる。

「付き合っていた人と、大学を卒業してすぐ入籍しました。田崎さんも一度会ったでしょう？　克之さん……駅で助けていただいた時の――」

「あ、……ああ」

思い出したらしい。

「あの人です。彼は五つ年上で、私が学生で付き合い始めた時、もう社会人でした。ちょうど私が大学を卒業する頃、彼が忙しくなって……家で支えて欲しいとプロポーズをされました。彼が好きだったから専業主婦になるのに何の抵抗もなかった。でも、色々うまくいかなくなって……、三年で離婚しました」

「……」

「終わり際はかなりぐっちゃぐちゃの泥沼でした。だから――正直もう結婚にはうんざりだし、恋愛にも興味がないんです。――これでいいですか？」

はじめこそ驚いた顔をしたものの、田崎に傷付いた様子はない。当たり前だ。体だけの関係なのに、青子の過去で田崎が傷付く必要性はどこにもない。残念なような、ホッとしたような。

「仕事。時間、大丈夫？」

話し込んでいたのは五分くらいだろうか。トートバッグからようやく取り出した鏡を見ると、髪も整い、薄化粧もちゃんと済んでいた。我ながら手早い。

田崎は「ああ」と頷いて椅子から立ち上がった。無言のまま、二人でマンションを後にする。

駅まで徒歩五分の道のりを、何も話すことなくただ歩いた。

改札を抜けて違うホームに向かおうと軽く頭を下げた青子に、田崎は改めて言った。

「少し、時間をください」

「は？」

聞き返そうとしたが、田崎は青子に背を向けて大股に歩きだした後だった。発車時刻を示す電光掲示板の数字が、発車間近を知らせるために点滅している。やはり急いでいるのだろう。

しかし時間をくれとはどういう意味？　考える時間？　それともゆっくり話すための時間？

田崎は今の関係を続けたいのだろうか。そもそも青子自身は——？

のろのろと自分が乗る電車のホームへと、階段を上っていく。

その途中で青子のスマホが鳴った。田崎からのメッセージの着信音だ。彼が乗る電車はもう発車したのだろうか。青子は階段の途中で端に寄り、タップして受信画面を呼び出した。

『グラノーラとオートミールバーありがとう。後で朝食にいただきます』

お礼の言い忘れに、今更気付いたのだろう。義理堅い田崎の性格が分かる一文だった。

少なくとも、差し入れは迷惑がられていないらしい。青子はそのことにだけホッとして、少しだけ固くなっていた心を緩ませる。その途端、なぜか泣きそうになって堪えた。泣く理由も意味もどこにもない。田崎との付き合いが今後どうなるとしても。たぶん、久しぶりに昔の話をしたことで、当時の傷口が少し開いたのだろう。あれはもう昔のこと。さっさと忘れて強くなると決めた筈だ。再び階段を上りだす。

ホームは早朝のせいかまだ人がまばらで、低い早朝の陽射しだけが強く目を射た。間もなく電車到着の音楽が鳴り始め、ホームにアナウンスが流れる。

「――仕事、行かなくちゃ」

青子は意識的に呟いて、ホームに入ってくる電車を眺めていた。

7．別腹デザート、みたいな

謝礼の一文を打った後、田崎はスマホを胸ポケットにしまい込み、そのまま電車の外に目を向けた。そろそろ通勤ラッシュの始まりかける時間とあって、車内は七割がた埋まっている。しかしまだ立っているのが辛いほどではない。

ドアの近く、ちょうど座席との角に立って、外の景色を見ながら田崎は青子のことを考えていた。彼女と、彼女が言った言葉について。自分より若い彼女に離婚歴があったことは青天の霹靂《へきれき》だったし、その反面、妙に納得できることでもあった。

どれだけ体を重ね、情を交わしても、ベッドを離れれば彼女はいつでもドライでクールだった。そのくせ、ベッドの中では初々しい乱れ方をするのが田崎の情欲を誘っていた。初めて快楽を知った女が、田崎の手によって恐る恐る、けれどどん欲に体を開いていく。

決して冷淡なタイプではないし、寧ろ細やかな気遣いも見せるのに、必要以上に近づくまいとする頑なさは、離婚という過去の経緯が必ずしも平坦ではなかったことを思わせる。

概して、彼女は良くも悪くも大人だったということだ。他人を気遣えるほどに。そして他人を気遣いすぎるほどに。あのクールさ加減は自分を守るための保身術といったところか。

右手に持った鞄の中には、彼女から貰った紙袋が入っていた。どこでも食べやすいように、と栄養バランスを考えて作られたドライフード。

『――先日、自分用に多めに作ったので』

わざと『あなたの為に』と言わないところが青子らしい。決して田崎の負担にならないように、見越して動いている。

実際、田崎は疲れていた。新規店舗のオープン準備という、重要決定案件と雑務に追われるプロジェクトが進んでいたことに加え、担当店舗のトラブルが続いた。

田崎がエリアマネージャーとして担当する、全国チェーンのカフェレストラン『カフェ・ヴェルドゥーラ』。その中の一つで、木嶋という若い店長が管理する六原店の、古参のレギュラースタッフが他のスタッフを何人か連れて急に辞めてしまったのだ。運悪く、同じ頃にメインスタッフの家族の急病や学生バイトの試験休みなどが重なった。

元々、風見《かざみ》というそのレギュラースタッフは、店長の木嶋とそりが合わなかった。噂では風見本人が次期店長を狙っていたのに、抜擢された新規店長が若造で目障りだったようだ。結局思い通りにいかないことに見切りをつけ、突然去っていった。

どうやら他店の新規店長としての誘いがあったらしい。若い木嶋は自分の仕事に手一杯でまったく気付いていなかったらしく、やはり古くからいた別のスタッフが田崎にこっそり教えてくれた。業界問わず、職場あるあるである。

レギュラーで入っていた古参のスタッフの、突然の穴は大きい。人件費の関係で、スタッフ数にもさほど余裕があるわけではない。急遽新規スタッフも採用したが、戦力として使い物になるまでにはもう少し時間がかかるだろう。現場は知識と技術に次いで、経験値が物を言う。

本来ならば店長である木嶋こそが全体のフォローに目を配るところだが、経験値が浅く要領もいいとは言えない彼は、日々の業務でいっぱいいっぱいになってしまった。他のレギュラースタッフが何とかカバーしているのが実情である。

客からのクレームも続いた。

対応は店長の仕事であるが、原因究明及び改善策の確認は田崎の仕事でもある。内容は些細なものが多かったが、木嶋が力み過ぎて上滑りしているのが見て取れる。仕方なく他の店舗の店長やスタッフもヘルプに回し、それでも足りない日は、自分の仕事を繰り回しながら田崎も店を手伝った。当然土日も返上である。細かいフォローを入れつつ店の安定を図り、休んでいたスタッフが戻ってきたのを機に、木嶋に店の舵取りを戻す。

正直木嶋の店にばかり構っているわけにはいかないし、田崎がいては木嶋の成長の妨げになるとの判断もあった。とりあえず六原店の一件は落ち着いたとして、多少の時間の余裕が生まれ、新規店舗準備に集中できるとようやく息を吐いた途端、田崎は青子に会いたくなった。

体は疲れていたが、無性に彼女を抱きたかった。

ずっと放置していた上での急な誘いは、ダメもとと分かっていての連絡だった。

しかし彼女は何の躊躇いもなく承諾し、しかも結果的に乱暴になってしまった田崎の愛撫に応え、その上体まで気遣ってくれたのだ。

さすがに、いくら恋愛や結婚に興味のない田崎でも心が揺れたのは否めない。

結婚したいと言ったわけではない。ただ、他人の優しさが身に染みることもあると思っただけだ。——だがしかし。

結婚の二文字を聞いた瞬間の彼女の変化は著しかった。能面のように顔色がさっと白くなり、表情が硬くなっていた。青子自身がそのことに気付いていたかどうかは分からない。

つまりはアレルギー症状のように、理屈ではなく感覚で反応したということだ。

青子と自分の関係に、今後変化があるだろうか？

それとも彼女の過去に触れなければ、今まで通りの関係を楽しめるのだろうか。

離婚については青子が自分の口から言い出したことだから、隠しているわけではないのだろう。

それほどまでに、田崎と青子の関係は恋愛要素が含まれていなかったとも言える。もちろんそれは互いの望むところであった筈、なのだが。車内に、停車駅に近づくアナウンスが流れ出す。

凭れていた壁から重心を移し、電車を降りる体勢を取りながら田崎は自問した。

——ならば彼女と別れたいのか？

青子の姿を思い浮かべる。整然とした喋り方や真っすぐな表情を。彼女の頬のラインやうなじの細さ、田崎の愛撫に震える柔らかい肌を。答えはすぐに出た。

否、だった。

田崎のマンションから戻った後、青子は仕事に出る前に、自宅で熱めのシャワーを浴びた。朝食を摂らなければと思うのだが、全然食欲が湧かない。

とりあえず濃い目のコーヒーを淹れ、脳に刺激を与える。

（しっかり朝は食べなきゃ。家事は体力仕事なんだから！）

限られた時間内に、最大限の家事を執り行うには、それなりの計算能力と体力が必要だ。しっかり血糖値を上げておかねばならない。

作り置きしてあったオートミールバーを口に運んで咀嚼する。プランターで育てたバジルで風味づけをしたそれは、味見した時は確かに美味しいと思ったのに、今は何の味も感じなかった。

田崎は果たして食べただろうか。梨麻が同席したレストランでの食事で、バジルの風味は好きだと言っていた筈だが。

（バツイチの話、ひいたかなー……）

今時バツイチなんて珍しくないだろう。でも、面倒くさい女だとは思ったかもしれない。

（もう、誘われないかもしれないな）

ミルクを入れたコーヒーでオートミールバーを流し込みながら、そんなことを考えた。

離婚したことについては後悔はないし後ろめたさもない。ただ持続できないと思った関係を整理しただけだ。克之が全く子供を欲しがっていなかったのも幸いした。

日々の生活は流れ込んでくるものとの戦いでもある。必要以外のものをため込むと、どんどん家の中は、そして精神は澱《よど》んでくる。あの頃の青子は、それを必死で見ないようにしていた。克之の健康と精神の充実を考えて、主婦として家事をこなしていた。

片付いて落ち着いた部屋。栄養の整った食事。寝具は毎日洗濯したし、タンスにしまわれた衣類にはどれもちゃんとアイロンがかかっていた。青子の実家ではそれがデフォルトだったからだ。

自分なりに専業主婦として当然のことをしていただけなのだが、克之にとっては違ったらしい。よもや、それらが彼にとって息苦しさの原因になるとは思ってもみなかった。

『うち、共働きで親父もお袋も殆ど家にいなかったから、温かい家庭に憧れてたんだよね』

そもそもそう言って、青子が家にいることを望んだのは克之自身だった筈だ。

付き合い始めた頃から、克之は青子の手料理を喜んだ。一人暮らしの克之の家に出入りするようになった時は、部屋の片隅に積んであった洗濯物を畳んだだけで感激までしてくれた。

しかし落とし穴だったのは、『温かい普通の家庭』なんて共通言語が、実は今の日本には存在しなかったことだ。強いて言えば、テレビや映画、ＣM等で流れるイメージが共通認識に近いだろうか。モデルルームのように片付いた家と、母親が手作りする温かい料理。まじめに働く夫が、帰ってきてゆったりと笑いながら寛ぐ家。克之も青子も、たぶん目指していたのはそんなところだった。けれどそんな生活に耐えられなくなったのは、克之が先だった。

彼は綺麗な部屋では寛げなかった。

ソファに寝転んでビールとスナックをつまみながらテレビを観るのが、彼の日常だった。もちろん青子だってそれを全面的に否定したわけではない。それで彼が寛げるならと、床にパラパラ落ちるスナックの屑から、必死に目を逸らす。あとで青子が掃除すればいいだけの話だ。

彼がたまに買い込んでくるジャンクフードやインスタント食品類にも、たまにならと目を瞑ったし、帰ってきた途端あちこちに脱ぎ散らかされる背広や靴下も拾って歩いた。せめて靴くらいは揃えて脱いでほしかったが、どう言えばいいのか分からなかった。

少なくとも結婚前に付き合っている時期は、もう少しきちんとしていたと思うのだが、誰かがやってくれるという状況に、克之はとことん甘えだした。

それとなく注意すると、「ごめんごめん、ちゃんとするから」とその場では言うのだが、気付けばいつもそのままだったから、やがて青子は諦めた。仕事で疲れてるのだから仕方がない。そう自分に言い聞かせて。

そんな目に見えぬ彼女の日々の鬱憤に気付いていたのかどうか、克之が浮気したのは青子と結婚してからもうすぐ三年目に入る頃のことだった。

『だって家に帰ると息が詰まるんだよ。青子が管理しているあの家にいるとね』

居直った克之のセリフがそれだった。もっともするりと口を衝いて出た辺り、あながちその場しのぎのいい訳ばかりでもなかったのだろう。

(――管理？　動物園の飼育係みたいに？)

呆然とするしかできなかった青子の中で、何かがぷつんと切れた。家事は報酬のない労働である。好きな人の笑顔と健康が対価だった。やり過ぎだったと言われればそうかもしれないが、ここまでという確かな線引きがあるわけではない。

(もっと手を抜けばよかった？　でもじゃあどれくらいが望みだったの？)

『いい加減の度合い』なんて、考えれば考えるほど分からなくなる。

もっとも浮気はともかくとして、夫としての克之はさほどひどい男、というわけではなかった。

ゲームに熱中することはあっても金遣いが荒い訳ではなかったし、それなりの稼ぎもあり、青子に生活の心配をさせたことはない。暴力を振るわれたこともない。休日には一緒に買い物に行ったり、外食を楽しんだりすることもあった。はたから見たら、それなりに幸せな夫婦だっただろう。けれど『管理云々』を聞いた時から、ボタンを掛け違えた服を着ているような違和感が、青子の中から消えなくなった。あんなに好き合って、一生一緒にいたいと思った男の顔が、見知らぬエイリアンに見える。少なからず、克之なりに妻との関係を修復しようとしたらしく、ベッドに誘われたこともあったが、彼に触れられるのはおぞましさしかなくなっていた。

離婚したい。言葉が通じない人と、これ以上一緒にいたくない。

決して揺らぐことのない青子の決意に、それでも克之がなかなか応じなかったのは、外聞を憚《はばか》ったからだ。社会人として結婚三年足らずで破局というのは、やはりマイナスイメージが強い。それだけでなく、上司や同僚からお祝いを貰った手前もある。

離婚の原因が克之の浮気であることを伏せたのは、青子のせめてもの情けだった。あくまで理由は性格の不一致だと、周りには押し通した。

浮気自体も許せなくはあったが、それ以上に克之に対しての感情が死滅していた。

そうして僅かな慰謝料で離婚してから三年。

実家に帰る気にもならず、たまたま見かけた家事代行会社の事務員の契約社員募集に申し込んだ。仕事としての家事がどんなものなのか、ちょっと見てみたかったのかもしれない。

その後、人手が足りない時に作業スタッフとして駆り出されたのは予想外だったが、その作業は思いのほか性に合っていたし、おかげで収入も増加安定し、何とか生計を立て、ようやく漠然と一人で生きていく覚悟が出きてきたと思う。

そんな中で、田崎との出会いはまさに青天の霹靂だったと言える。

曖昧さを苦手とする青子は、あんな風に恋人でも夫婦でもなく、けれど心地いい関係があるなんて思ってもみなかった。だからこそ、長くは続かないだろうと心のどこかでは思っていたのかもしれない。

（……とにかく！　ちゃんと仕事に行って働かなきゃ！）

何が起ころうと一番優先すべき大事なことは、自分で自分の口を養うために働くことだ。

青子は過去の記憶と田崎への複雑な感情を思いっきり脳の棚の隅に追いやると、無理矢理飲み下した朝食の食器を手早く洗い、準備を整えて今日の派遣先へと向かったのだった。

「そっかー。とうとう言っちゃったんだ、克之さんのこと」

梨麻と二人で5SLDK宅の家事を終えた帰り道、そんな話になった。どうやら梨麻と一緒だと自分は口が緩む傾向があるな、と青子は思う。いや、単に梨麻の誘導が上手いのだろうか。

「まあ大したことじゃないしね。今までは隠す必要もなかったけど、言う必要もなかっただけで。でも、ちょっとした親切心が仇になったかな、と後悔はしている」

差し入れなんてしなきゃよかっただろうか。いやでも、どう見てもオーバーワーク気味の田崎がまた倒れないか、知り合いなら多少は心配するのは人の情だろう。実際、彼は前科がある。

「でも、別に結婚したいって言われたわけじゃないんでしょ？」

「……その点も、過剰反応だったと反省してる」

軽い社交辞令と受け取ればよかったのだ。

にっこり笑って「どういたしまして」。それで済んだ話だった。

「問題はその過剰反応が、田崎さんだからかどうか、ですよねえ」

「え？　どういうこと？」

「体と心って、やっぱどっかでリンクしてるわけじゃないですか。何とも思ってない相手だったら、多少ＮＧワードに引っかかっても普通に流せてたんだと思うんですよね。でも過剰反応を起こすってことは、少なからず相手が自分の懐に入ってるってことでしょ？」

「そ、そうなの？」

「少なくとも心を許せる部分や信頼できるところがあったから、えっちできたんじゃないの？　お互いに何の情もなければ気持ちよくならないでしょ」

「う……」

そう言われて、青子は黙り込む。信頼？

少なくともベッドの中での彼は信用していた、かもしれない。触れ合うことは単純に気持ちよくて、そこに微塵の不安もなかった。人間性もそれなりには？

几帳面で生真面目で自分なりのこだわりがあるのは確かだ。今までの家事代行に対するクレームも、彼が飲食業と聞けば納得できた。衛生面には人一倍厳しい業種だからこそ、職場と同じく意識レベルが高いのだろう。そこでふと、忘れていた事実に気付く。

「……あ〜〜〜〜〜!!」

「な、なに?」

急に大声を上げた青子に、隣を歩いていた梨麻がぎょっとした顔になる。

「やっちゃった! まだ忙しそうな感じだったのに、要らないことで煩わせた!」

今更ながらそのことに思い到り、青子は頭を抱えたくなった。昨日の夜はたまたま時間が取れたから、と言っていた。それでも今朝の早朝出勤だから、彼の多忙はまだ続いているのだ。それなのに、恋人でもないのに痴話げんかみたいな態度をとってしまった。

「まあまあ。付き合ってりゃそういうこともあるでしょう」

「付き合ってないもん! ただのセフレだもん!」

さすがに往来なので、声だけは潜めて叫ぶ。そこにずずいと梨麻の顔が迫ってきた。

「田崎さんがそれで腹を立てて関係を終了させようとすると思う?」

真面目に訊かれて言葉に詰まる。しかしそうなったところで青子に文句は言えない。

「そうなったらそうなったで別に……」

結婚や恋愛の領域に踏み込むぐらいなら、田崎との関係はこのままフェードアウトの方がまだいい気がする。彼との関係に、未練が全くないかと言えば嘘になるけれど。

「じゃあ逆に、気にしないから続けていこうって言われたら?」

「へ……?」

その可能性は考えていなかった。いや、無理矢理考えないようにしていたというのが正しい。

「田崎さん、次第じゃないかなあ」

「青子先輩の意志は？」

青子は一度軽く息を止めると、深く吐き出した。

「あの人との関係は……言うなれば食後のデザートみたいなものだから」

意味が通じなかったらしく、梨麻はきょとんと目を丸くする。

「甘いものは別腹？」

「じゃなくて。あれば嬉しいけど、必ずしも必要じゃないもの？　嗜好品の一種的な？」

「えーーー！　女子にスイーツは必須でしょう！」

梨麻の主張に苦笑いを浮かべていると、ポケットの中でスマホが震えた。

業務連絡かとスマホを取り出して待ち受け画面を見ると、違う名前が表示されていた。

「あ、別腹デザートの人」

画面をのぞき込んだ梨麻を牽制《けんせい》し、青子は彼女に背を向けてメッセージ画面を開く。

『来週の金曜日に会いたい』

（……は？）

短い一文には目的が抜けていて、青子の思考が千々に乱れる。

いや、元々田崎のメールは簡潔で短いのが通常運転なのだが。

（会うって何で？　今まで通りセックスするため？　それとも改めて今後のことについて話す？）

少し時間をくれって言われた気がする。あとでゆっくり話そうとも。

（でもそうならそうって書かない？　って言うか、この文章だとイエスかノーでしか返事ができないんですけど！　それも計算の上だったりして。いや、そこまでは穿ち過ぎか）

「可愛いＯＫスタンプあるけどシェアします？」

「いや！　要らないから！」

「やっぱ行くんだ」

「ううっ」

元々スタンプでやり取りするような仲ではない。連絡はいつも簡潔で手短なものばかりだった。それが二人の距離感だったとも言える。とはいえ、断る選択肢が後回しだったことを自覚して、青子は泣きたくなる。これでは恋みたいだ。

「保留。後で考える」

そう言って、青子はスマホをしまいスタスタ歩き出す。

「素直じゃないですねえ」

梨麻は肩を竦めながら、速足で歩きだした青子の後を慌てて追いかけていった。

結論は割とすぐに出た。結局、会って話さないことには何も決められないのだと分かっていたからだ。金曜日、午前中に綺麗に整えた部屋で、青子は彼の帰りを待つ。

既に時計は九時半を回っていた。相変わらず忙しいのだろう。

「ごめん、待たせた」

そう言って田崎が帰宅したのは、結局十時半過ぎだった。

田崎を待つ間、リビングテーブルに広げていた教本を、青子はざっと片付ける。田崎は一言断ってからシャワーを浴びてきていた。

「何かの試験？」

「整理収納アドバイザーの資格を取ろうと思って、会社に教材を回してもらったんです。資格を取れば仕事の幅が広がるし」

「そうか。青子さんなら向いてそうだ」

「ありがとうございます」

どうも会話が上滑りする。

「あの、――」

髪の毛を拭きながら着替えてきた田崎に、青子は言いかけて口ごもる。うまく言葉が出てこないのは、相手に変な誤解をされまいと気持ちがデリケートになっているからだ。

「うん」

答えながら、田崎は冷蔵庫から取り出した缶ビールのプルトップを引いた。彼も青子と同じことを考えていたらしい。

　プシュッといい音を立てて芳香が立ち、炭酸の苦い香りが彼の喉に消えていく。

「考えたんだけど、要点は一つだと思う」

　田崎らしい、率直な言葉だ。

「と、言うと？」

　青子は身振りで勧められたビールを断って、彼を凝視する。田崎もソファに腰かけて、青子をじっと見つめた。

「青子さんが、僕とまだ寝たいと思ってるかどうかってこと。僕自身にとってあなたとの関係は貴重なものだけど、それでも嫌がるのを無理強いする趣味はない」

　相変わらずの、簡潔明瞭で見事な正論である。田崎の言葉に安堵が胸を満たしたのは、青子自身もこの関係をやめたくないからだろう。彼と抱き合うのは気持ちよすぎる。

　――けれど。

「貴重って、どういう風にか聞いていいですか？」

　田崎はビールの缶をテーブルの上に置いて、落ちてきた前髪を掻き上げた。

「体の相性がいいのは大前提として、頭がいいから会話がしやすいし、一緒にいてとても楽。恋愛的な要求をしてこないのも助かってる、かな。正直恋人らしいことをしてる暇もないんで」

「……田崎さん自身も恋愛的欲求はないですよね？」

「それがデートや食事や買い物を指すんだったら、ないね」

青子は自分の要求を顧みる。田崎とデートがしたいか？　すればそれなりに楽しそうだとは思うが、どうしてもしたいわけではない。買いたいものは自分で買いに行くし、一人で食事をするのも苦ではない。

「私……が、バツイチなのは気にならない？」

田崎は初めてゆっくり考える顔になった。

「君にそう言われて驚かなかったとは言わないが、僕たちの関係に影響があるとは思えないな」

田崎は右手を伸ばすと、青子の頬に触れた。

この感触が嬉しいのは、恋ではないんだろうか。ただの身体的欲求？

「それならよかった。私も……今の状態が一番心地いいので」

無責任に抱き合っていられるだけの関係。文字通り、セックス込みのトモダチ。

頬を撫でられ、吸い寄せられるように体が近付く。

「キスをしても？」

田崎の声は確認だった。

「して」

腕を取られ、抱き寄せられて、青子はソファに組み伏せられた。田崎のキスはビールのほろ苦い味がした。折り重なってキスを繰り返す。それだけで細胞の感度メーターがじわじわ上がっていく気がする。首筋に唇を這わせられ、ぞくぞくと背中が鳴った。

「田崎さん……」

熱っぽく潤んだ声で彼を呼ぶ。田崎が顔を上げて青子を見つめた。

「肩、噛んでもいいですか？」

青子の言葉に、田崎は苦笑を漏らす。

「お手柔らかに頼みます」

田崎のシャツを脱がせ、あらわになった肩に軽く歯を立てた。

「……っ」と小さな呻き声が聞こえ、つい興奮する。

「ねえ、ここも――」

田崎の胸に指を滑らせ、小さな突起に触れた。

「え――」

彼が答える前に、唇を近付けて甘噛みする。

「ちょ、青子さん……！」

「したいの。ダメ……？」

上目遣いに見ると、田崎が戸惑いながらも頷く。体の位置が反転し、田崎が下になった。

青子は半裸になって彼の体に跨ると、滑らかな胸と広い肩、引き締まった腹部に手の平を這わせながら、ちゅ、ちゅっと口付けていく。

「今日は大胆だな」

少し掠れた声で、呟く田崎の声が色っぽい。青子の手の平の下で、じんわりと汗ばんでくる彼の肌に高揚した。

「だって……あなたと会うのは欲望《これ》が目的だもの」

彼の都合のいいように、思い通りになっているわけじゃない。あくまで対等に、セックスを楽しんでいると思いたかった。

青子の下で、田崎のハーフパンツが膨らんできているのを布越しに感じる。

「嫌ですか？」

彼の興奮を感じながら言った。しかし田崎の目は冷静だった。

「無理していませんか？」

「へ……？」

「ごめん、変なことを言った。なんでもない」

しまったという顔をして、田崎は前言を取り消す。しかし彼の言葉は小さな棘のように、青子の胸に刺さって抜けなくなった。

（——無理？　無理って何が？　欲望に基づいて動いたのが無理しているように見られた？　本当は慣れてないのに無理をして、みたいな？）

実際、今まで自ら攻めるようなことはしたことがない。結婚までしていたくせに、克之とのセックスは判を押したように同じパターンだった。キスをし、胸を愛撫され、彼が固くなったら挿入。自分が感じていたのかどうかはよく分からない。

田崎も気付いている。青子が未経験でない割に、あまり深い官能を知らなかったことを。

（だから無理していると思った？）

「青子さん……？」

仰向けになったまま、田崎が名を呼んだ。

「ごめんなさい、私――」

何を謝っているんだろう。田崎は身を起こし、青子の体を抱き締める。

「謝ることなんて何もしていないよ」

そう、なんだろうとは思うけど。しかし唐突に胸の奥に芽生えたモヤモヤとしたものは、青子の体を侵食し、手足を凍らせてゆく。

「青子さん」

田崎に優しく抱き締められても、それは変わらなかった。

「僕だけを見てて」

キスをされ、素肌に愛撫を受ける。気持ちいい。――筈だ。

服を全部脱がされ、至るところにキスと愛撫を与えられて、僅かに体温は上がっていくのに、凍ってしまった心の一部がどうしても溶けない。せっかく彼が抱いてくれているのに。青子を気持ちよくさせようと、優しくしてくれているのに。青子は必死で感じることに集中しようとした。

目を閉じ、彼の指使いに体を任せ、腰を浮かせて受け入れる。

しかしいつもなら恥ずかしいほど溢れる愛液が、今は微かに濡れるだけだった。

「今日はやめておこうか？」

「や！　やめないで……！」

抱き合うことすらできないのなら、なぜ今自分はここにいるのか。

「でも……」

躊躇う田崎に、懇願する声が出る。

「お願い。私のナカに来て――」

田崎はしばらく考えあぐねる顔をしたが、黙って避妊具を取り出し身に着ける。

「いくよ？」

田崎の声に、青子はこっくり頷いた。ゴムを被せた彼の欲望が、ゆっくりと青子の中に入ってくる。少し引き攣れて痛い。

「力を抜いて。無理にイこうとしなくていいから……」

田崎の声も苦しそうだった。

今まであんなにスムーズだった挿入が、ぎこちなくギクシャクしている。青子は必死で彼を受け入れようとしたが、上手くいかなかった。せめて彼だけでもイってほしい。そう思うのに、どうしてよいか分からない。大きく足を持ち上げられ、彼の肩に膝裏を乗せられる。

「や、怖い――っ」

「大丈夫だから、俺に任せて……」

そう言って田崎は、深く自分を差し込む。

不意に一番奥に彼の欲望が当たり、青子は意識が飛びそうになった。

「そのまま——大丈夫だから……」

ゆっくりと田崎が動き出す。彼の動きに合わせて腰が揺れ、何度もイキそうになったが、結局青子はイケなかった。そしてそれは田崎も同様だった。

とうとう大きく息を吐いて、田崎の体が青子の上に落ちてくる。彼の背中はすっかり汗ばみ、息が激しく上がっていた。そのことに、青子の目頭が熱くなる。

「泣かないで。泣かれたらどうしていいか分からない」

田崎が苦笑を漏らしながら優しい声で囁き、青子は一層悲しくなってしまった。けれど、なぜ悲しいのかもよく分からない。

「ごめんなさい、私——」

「青子さんは悪くないよ。何も悪くない」

青子の体を抱き締め、優しい手が頭を撫でてくれる。

ひとしきり抱き合って横たわっていた後、順番にシャワーを浴びてベッドに入った。

帰ろうとした青子を、引き留めたのは田崎である。

「どうしても帰りたいならタクシー代を渡すけど、それは青子さんが嫌でしょう？」

「だって、まだ終電はあるし……」

「こんな深夜にあなたを歩かせるのは僕が嫌だ」

そこだけは頑として譲らなかったから、青子は帰るのを諦めた。早朝に起きてベッドを抜け出す。実際、あまりよく眠れなかった。身支度を整えている青子の背中に声がかかる。

「また、会えますよね？」

彼なりの、終わりにはしたくないという意思表示だ。

青子はゆっくり振り返ると、微笑んで言った。

「ええ、たぶん」

分からない。もうこのまま、会わない方がいいのかもしれない。

少なくとも、セックスが目的で付き合っているのにそれができないのではセフレの意味がない。

しかしそう言うのは憚られた。あまりにも自分勝手な気がしたのだ。

だから彼が望んだ答えを言った。田崎はベッドから起き上がり、青子のそばに歩いてくる。

「田崎さん？」

そのまま青子の顎を掬い取ってキスをした。柔らかい、触れるだけの優しいキスだった。

「また、連絡する」と低い声で言われ、胸の奥がぎゅっと詰まる。

「――分かりました」

辛うじてそれだけ言うと、青子は田崎の家を後にした。

8．うまく息ができない

週末、青子はひたすら家の中のことをして過ごした。

水回りを磨き、窓や冷蔵庫の中を拭き、照明のカバーを外して埃を払った。カーテンを洗濯し、衣類や雑貨、買い置きの食料品なども不用品や賞味期限切れのものがないかチェックして要らないものを減らす。あとはひたすら床を磨いた。仕上げに蜜ろうのワックスまでかけた。

しかし元々決して広くない一人暮らしのアパートで、あまり物を持たないようにしているのもあり、作業にさほど時間はかからない。

すっきりした部屋でお茶を淹れ、資格取得用の教本を開いたが、今ひとつ頭の中に入らず、早々にベッドに入る。

体を動かしたから何も考えずにぐっすり眠れるかと思ったのに、なかなか寝付けず、悪夢を見ては何度も目を覚ました。悪夢と言っても些細なものだ。初めての派遣先に行こうとしたら、地図の通り歩いているのになぜか目的地に辿り着けず、いつの間にか見知らぬ深い森の中を迷っていたり、やっと辿り着けたと思ったら確かに持ってきた筈の派遣先から預かっていた鍵が無かったり。約束の時間をとっくに過ぎ、「これでは仕事にならない。どうしよう、どうしよう」と激しい焦燥感に蝕《むしば》まれ、じっとり嫌な汗をかいて目が覚める。胃も少し痛んでいた。

深夜に何度も目が覚め、時計を見ると眠りに就いてから一時間経つかどうか、という状態が続く。それでも何とか寝ようと目を閉じるが、似たような夢を見て、明け方になっても寧ろ倦怠感が体を覆っていた。

「ふう……」

重い溜め息が口を突いて出た。悪夢の原因は痛いほど分かっている。田崎との先日の一件だ。どちらにとってもうまくいかなかった。布団の中で何度も寝返りを打ちながら、たかがセックスじゃないか、と思う。気が乗らなければうまくイケなかったり感じないこともあるだろう。

そんなに深刻に考えることじゃない。気に病むほど自分はもう子供じゃない筈だ。

そう思う一方で、セフレのくせにうまくできないなら、田崎にとって不要な人間なんじゃないかとも思う。今まで通り、家事だけで必要とされればいいんじゃないだろうか。顔も合わせず、肌も合わせず、不在の時のみのビジネスライクな関係で。

そう思った途端、想像もしなかった喪失感に襲われて激しく動揺する。

――やはり未練があるのか。彼のあの麗しい外見に？　気持ちよくさせてくれる体に？

（バカバカしい）

たかだか肉体関係があるだけの人に、眠れないほど悩むなんて意味がない。自分は昔から真面目に考えすぎるのだ。

青子は諦めてＭＰ３プレイヤーに手を伸ばす。何かで気を紛らわさなければ。

お気に入りのファイルを呼び出し、イヤフォンを耳に差し込んだ。

流れてくる甘いサキソフォンの旋律と男性ボーカルの掠れた甘い声に身を任せ、青子は胎児のように丸くなって、何度目かの浅い眠りに就いた。

「なーにがあったのかなー……」

梨麻の呟きは、台所でごそごそゴミを仕分けている青子の耳に届かない。

うららかな日曜の午後。と言っても明け方まで原稿と格闘していたから、起きたのはついさっきである。

ちょっと片付けを手伝って下さい、と青子を自分の部屋に誘ったのはただの口実だった。先週あたりから、青子の様子がおかしい。いや、表面上は変わらないのだが、電話での口調やＳＮＳの文面が微妙に元気がない。だけど食事や飲みに誘っても「ちょっと勉強しなきゃいけないから」とか芳しい返事が返ってこないので、最終手段に及んだのだ。

基本的に青子は面倒見がいいから「困ってるから助けて下さい～」と泣きつけば、大抵断れない。そうして改めて青子を見ると、どう見ても身が細り、影が薄くなっている。

「……青子先輩、ちゃんと食べてます？　なんか顔色悪いですよ？」

「あはは、……ちょっと季節の変わり目だから低調かも。あと今回生理痛きつくてさあ」

「ああ、ありますね。そういうの」

「うん。一応薬飲んだから大丈夫」

「なら、いいんですけど」

本当の理由を言う気はないらしい。ということは思いのほか田崎との関係がシリアス化しているということだろうか。

軽い悩み事なら存外ざっくばらんに打ち明ける青子であるが、克之と別れた時は離婚が成立するまで誰にも何も言わなかったらしい。もちろん梨麻にもだ。

離婚報告の電話の声があまりに儚げで、無理矢理飲みに誘ってみたら口は重く、さんざん酔わせて唯一吐き出した言葉が「浮気されちゃったー（笑）」だった。たぶん梨麻以外は誰も知らない筈だ。人に依存しないその姿勢は、ある意味正しくもあるので尊重したいところだが、健康を害しているようであれば友人として多少のフォローは入れたい。

「青子先輩」

「ん？」

「あのね、取材というか市場調査的に食べに行きたい店があるんだけど、一人じゃ行きづらいんですよ。付き合って貰っちゃダメかなあ……」

梨麻は改めて胸の前で両手を組み、上目遣いに見上げおねだりのポーズをとった。

「あー…付き合ってあげたいのはやまやまだけど、今、食欲があんまりないんだよねー」

言葉を濁して逃げようとする青子に、梨麻は畳みかける。

「そんな時にぴったりの店！　ローカロでヘルシー志向が売りなんだけど、実際はどうなのか、青子先輩の目からもチェックして欲しいんですよ！　もちろん私が奢るので！」

「でも……」

ここで無理に押さないのがコツだ。

「……そうですよね。すみません。今回の仕事、人脈が増やせそうだったから手堅い意見が聴ける連れが欲しかったんですけど……青子先輩、今勉強とか忙しいですものね……」

淋しそうに笑って、視線は斜め右下三十度をキープ。青子が迷う気配を見せても気付かぬふりをするのがポイントである。

「いいです！　何とか一人で行ってみるので。忘れて下さい！」

いかにも無理をしてますという笑顔でとどめをさす。しばらく気配を窺った。

「……その店、ここから近いの？」

「電車で三駅先ですけど……一緒に行ってくれるんですか？」

恐る恐るといった演技で青子の顔を窺った。案の定、人が好い青子は梨麻の読み通り釣れてくれる。そもそも普段ならそこで疑わしい目を向ける鋭さもある筈なのに、今は弱っているせいで防御機能も低下しているのかもしれない。思った以上に簡単に引っかかってくれた。

付け込む隙だらけである。ひっかけておきながら言うのもなんだが、梨麻は更に青子が心配になっていた。

「まあ、奢ってくれるって言うなら少しくらいは……」

「やったあ！　ありがとうございます」

「ドレスコードのある店はイヤよ？」

「いえ！　全然カジュアルな店なんで！」

しょうがないなあ、と笑った顔が、その日初めて見せた青子のまともな笑顔だった。


駅から歩いて五分、メインストリートから大きな曲がり角を曲がった少し先に、その店はあった。駐車場が広く植え込みの多い、瀟洒《しょうしゃ》な店構えである。

「梨麻ちゃん、ここ……」

「ええ、なんでも最近イケメンの給仕《ギャルソン》がいると噂になってます。一応チェーン店なんですけどお洒落且つヘルシー志向が売りなんで、一度話のタネに来てみたかったんですよね」

夕方、と言っても夕食のピークには少し早い黄昏《たそがれ》時である。大きなガラス張りの窓から見える店内は、まださほど混んでいなかった。――カフェ・ヴェルドゥーラ六原店。

田崎が担当するエリアの店じゃないだろうか。しかもイケメンのギャルソン？　いやいや、この手の店なら人気のあるイケメンギャルソンなんていくらでも転がってそうな気もするが。

「もっともイタリア語の店名でフランス語のギャルソンて変ですけどね。その辺はアバウトなジャパニーズ文化ってことで」

正しくはウエイター？　そう言って梨麻はアハハと笑う。

「帰る！」

百八十度ターンしようとした青子を、梨麻ががしっと引き留める。

「何でですか〜。前にこの店の話をした時は、メニューの割に値段も手頃だから行ってみたいって言ってたくせに〜」

「いや、言ったけど！」

覚えている。確かにこの店の情報ソースは梨麻だった。

しかしそれは田崎と出会う前の話だった筈だ。

「とりあえずチェック項目はメニューセンスと接客態度、外装内装デザイン、清潔感あたりですかね〜。それらを踏まえた上でのコスパが肝心ですが、他に気付いた点があればぜひ聞かせてください」

完全に営業モードで話されて、青子はたじろぐ。梨麻は更に笑顔でずずいと迫ってきた。

「ここまで来て逃げないでくださいね？」

それがダメ押しだった。

「に、逃げたりなんか……」

そう言いながらも店から目を逸らしたくなるのは、田崎に会いたくないからだった。

「それに……」

梨麻の声のトーンが少しだけ柔らかくなり、器用に片目を瞑って見せる。

「少し違う角度から相手を見てみるのも、新しい発見があるかもよ？」

その言葉の意味を問い返す間もないまま、青子は店内へと引きずり込まれたのだった。


「お待たせいたしました。秋刀魚《さんま》のポアレと、鶏ハムの雑穀サラダでございます」

注文したメニューが届き、それぞれの前に料理を並べる笑顔爽やかな青年に礼を言い、二人は目を見合わせて五秒沈黙した。

「うわー、おいしそー」

いささか棒読みでそう言ったのは青子の方だ。

いや、つい気の抜けた言い方になってしまったが、料理は確かに美味しそうである。

どちらも彩り豊かな野菜がふんだんに盛り付けてあり、ボリュームがある割にさっぱりと食べられそうだった。秋刀魚にはバルサミコのソースが、鶏ハムサラダには塩レモンのソースが別添えで付いている。メニュー表には、柚子胡椒の和風ソースやパクチーソースの選択肢もあった。

味付けを好みで調節できるのはセールスポイントだろう。

「…っかしーなー。週末には出没するって聞いてたのに……」

梨麻がカトラリーケースの中から、フォークやナイフを取り出しながらぼそぼそ呟いた。だからそういう情報をどこから拾ってくるのだろう？　梨麻の情報ソースの広さにはいつも驚かされる。ぶつぶつぼやく梨麻に、青子は余裕の笑顔で「食べましょ」と促した。

料理を運んできた青年は、確かに爽やか系のそこそこ整った顔立ちだったが、田崎ではなかった。ネームプレートには『木嶋』と印字されていたが、他のウエイターと違って一人だけネクタイをしている辺り、若そうに見えるがこの店の店長なのだろう。

どうやら梨麻の目論見は外れたようだ。

メインメニューは、オプションとして普通の白ご飯やロールパンの他に、胚芽パンや玄米ご飯、雑穀米等も選べるようになっていた。なるほど、伊達にヘルシー志向を謳っているわけではないらしい。何よりメイン料理に添えられた、というよりむしろこちらが主役では、と思わせる野菜たちがどれも新鮮で美味しそうだった。

「うわ、このパプリカ甘ーい。ローストしただけ？」

「この黄色い人参も生なのにえぐみがなくて美味しいです。ドレッシングなしでもいいかも」

「茄子のソテー具合もいいわ。外はパリッとしてるのに中トロトロ～。でも油っぽくない」

「秋刀魚の脂、すごい乗ってるけどバルサミコのソースでさっぱりいけちゃう！」

噂のイケメンギャルソンが田崎でなかったのはともかく、料理は評判通りなかなか美味である。ここのところ食欲が衰えていた青子も、梨麻と一部をシェアしながら食が進んだ。

一通り食べ終え、デザートに梨麻は抹茶と栗のガレット、青子は洋梨のソルベを口に運びながら、感想を言い合う。

「カトラリーも清潔で綺麗だし、ナチュラルテイストの店内も落ち着いてて悪くないわね」

「食事前に行ったお手洗いもちゃんと磨かれて綺麗でした。鏡も水栓レバーも曇りなし。さすがクレーマーの田崎さんがマネジメントしてるだけありますね～」

「しっ」

青子は人差し指を立てて咎《とが》める声を出す。顧客の個人情報は部外秘だ。外で喋るのはご法度である。梨麻は悪びれず「てへ」と舌を出した。とはいえ梨麻の言うこともっともである。

そして『カフェ・ヴェルドゥーラ』はいい店だった。店内教育も行き届いているらしく、バイトやパートであろうスタッフの動きにもそつがなく、無駄な雑音もない。

以前、田崎に連れて行ってもらった、個人営業のビストロのような繊細さはないが、その分チェーン店らしい気安さがあった。いい仕事をしているな、と思う。しかしその分、隅々まで気を配ろうとすれば際限なく忙しくなるのだろう。

美味しい食事と感じのいい店に充分満足して会計に立つ。

レジにいた、先ほどの木嶋が読み上げた値段を聞いて、梨麻が変な声を出した。

「あのぉ、値段が安い気がするんですけど……」

「ええ。今回のデザートの分は、うちの田崎がご馳走させていただくとのことです」

「は？　あの……」

珍妙な声を出す梨麻に、木嶋が困ったような笑みを浮かべる。

「すみません。本当は田崎が直接ご挨拶に伺いたかったんですが、今日は厨房に入っていて手が離せないので、せめてものお詫びに、と言いつかっております。本当は最初に申し上げるべきだったのでしょうが、それだとかえって遠慮なさるかもしれないと申しまして」

青子と梨麻は顔を見合わせた。恐らく厨房から店内が見えるモニターか何かがあるのだろう。

田崎のスマートな歓迎をここで固辞するのは却って野暮である。ここは有り難くご馳走になるのが良策だろう。

「分かりました。田崎さんにお礼と、『ご馳走様でした』とお伝えください」

「かしこまりました」

できれば直接礼を言いたいが、そろそろ店は賑わい始めていた。仕事に障りがあってはいけない。

丁寧に礼を言って帰ろうとしたその時、他の客に聞こえぬよう、木嶋が潜めた声で言った。

「店の入り口の右手に細い通路があるので入ってみてください。田崎が待ってます」

（――待ってる？）

丸く見開かれた青子と梨麻の目が、再び見合わせられる。しかし、木嶋は先ほどの言葉に被せるように「ありがとうございました。またのご来店をお待ちしております」と丁寧に頭を下げた。

店の入り口には案内を待つ次の客がいる。下手にここで時間を取らせられないだろう。二人は何も聞いてなかったように、店のスイングドアを開けて外へ出る。

確かに茂みで分かりにくくなっていたが、細い通路が入り口右手にあった。

「オーケイ、今なら誰も見てなさそうです」

反応が早い梨麻の低い声に、戸惑っていた青子の背中が押された。

「り、梨麻ちゃんも一緒に……」

「いえ、私はここでそれとなく見張ってますから」

「えー……」

「だって、田崎さんが呼んでるのは青子先輩でしょ？」

「……うー」

情けない声でぼやきながら、青子はそっと細い通路に入っていく。どうやらそこはスタッフオンリーの店の裏手へと繋がっているらしい。突き当たりを更に建物に沿って右に曲がろうとすると、人の話し声がする。片方は田崎の声だとすぐわかった。もう一つの声は若い女性のものだ。

（え？　待ってるって一人じゃないの？）

つい窺うともなく耳をすましてしまう。

「悪いが今、君と話している暇は――」

「でも……！」

嫌な予感がして、わざと茂みを鳴らして通路を曲がった。覗き見していると思われるのも癪《しゃく》だったのだ。すると建物の裏口らしきドアの前で、長身の田崎に抱き着いている女性が見えた。

「あ」

青子と目が合い、田崎は一瞬固まる。女性は青子に背を向けているので、気が付いたかどうかは分からないが、動揺している田崎の首に更に腕を伸ばして回すと、顔を近付けて唇を重ねた。

――ように見えた。

（あ――）

青子の中ですっと何かが凍った。すかさず軽く会釈すると、そのまま来た道をさっと戻る。

今見たものがどういう光景なのかはよく分からないが、いずれにせよここは田崎の職場で彼は勤務中の筈だ。変な愁嘆場にはしたくない。というか、今見た光景の中に混ざりたくなかった。

梨麻は先ほどのところで待っていたが、すごい勢いで出てきた青子がそのまま速足で歩きだすと、慌てて追いかけてきた。

「青子先輩？　何かあったんですか？　どうしたの⁉」

「何もない！　何でもないから！」

そのまま駆けるように駅に向かった。追いかけてきた梨麻は肩で息をしている。

「あまりいい感じじゃなかったみたいですね」

息を切らしながら背中を向けたままの青子に語りかけた。

「そうね。そうかも」

辛うじて言葉少なに答える。先ほどの光景が、昔、克之の浮気現場を目撃してしまった時のことを思い出させたなんて、本当に意味がない。

（だって彼が誘ったわけじゃなく彼女が無理矢理動いた感じだったし、もし合意の上だったとしても、彼の恋人ではない自分になんの関係があるのだ？）

抱き合う約束はしても、束縛する契約なんてしなかった。

彼自身「複数同時に付き合うほど暇ではない」とも言っていたが、ならば過去に関係した彼女のうちの一人なのかもしれない。どちらにしろ青子には関係ない。

（恋人じゃないんだから）

バッグの中で、マナーモードにしてあるスマホが震えている気配があるが無視した。相手が誰であろうが、今は見たくないし話したくない。冷静に話せる自信もなかった。

「青子先輩〜〜〜」

梨麻の泣きそうな声にハッとする。

「本当に何でもないから」

「だってぇ……。ひどい顔色になってますよ？　私、誘わない方が良かった？」

どうやら梨麻は責任を感じているらしい。

「そんなことないよ。本当に食事は美味しかったし」

そうだ。さっきまでは久しぶりにあんなに楽しく食事ができていたのに。

でも、あの店にはもう行かないかもしれない。いや、田崎がいるかもしれない系列の店全部。

そう思う自分に嫌気がさす。関係ないと言いながら、何をこだわっているんだろう。何を怒っているんだろう。そんな権利はないと言いながら、さもしいにも程がある。

「気にしないで」

何とか笑顔を作って言ってみたが、ちゃんと笑えているだろうか。

案の定、梨麻は激しく下がり眉になっていた。

「私も気にしないから」

梨麻を力づけるように笑う。今度はちゃんと笑顔になった筈だ。

「だから――これ以上、変な裏工作はなしね？」

梨麻の行動力ならやりかねないと、念を押してみたら「……ハイ」と虫が鳴くような声が返ってきた。梨麻が心配してくれるのは分かっているが、今は放っておいて欲しかった。

何も、考えたくなかったのだ。

一度だけ、青子の電話番号をコールしたが、呼び出し音が十回鳴っても出る様子はなかった。そのまま自動音声に切り替わる。『現在この番号は——』田崎は舌打ちして電話を切った。

最後に見せた、青子の能面のような顔に血の気が引く。しかし今は仕事中だった。これ以上、時間は割けない。五分だけ、と言って出てきたのだ。諦めて厨房に戻る。

店のバイトスタッフがついてきたのは完全に誤算だった。彼女と男女の付き合いだったことはない。店の近所の大学の留学生である彼女は、店でも数少ない英語が堪能な田崎を何かと頼りにしていた。田崎も適当に距離を置いてフォローしていたのだが、ラテンの血を引く彼女の情熱が、たまたまタイミング悪く暴走したらしい。

仕事中に何ということをしてくれるのか。田崎も人のことを言えた義理ではないが。

店内モニターで青子と梨麻を見つけ、木嶋に代理会計を頼んだ。それくらいは仕事中でもありの範囲だ。しかしいつもなら気が利かない方の木嶋がそれならと、変に気を回してくれたのに乗ったのが災いした。余計なことを、という前に、木嶋はフロアに戻ってしまう。

とりあえず、行かざるを得なくなった。一分だけ、顔が見られれば良かっただけなのだ。元気かどうか、声が聞ければそれでよかった。

例のうまくいかなかった夜の後、青子とはまともに連絡が取れなくなっていた。田崎自身も忙しかったし、的を外したメールでは却って気持ちが離れそうな気がした。できれば直接会ってゆっくり話したかったが、うまくタイミングが計れないまま、どこかイライラした気持ちで過ごしていた。

青子もそうだったのだろうか。

一瞬だけ目があった彼女は、以前よりほっそりしているように見えた。何があっても食事は重要、と言っていたのは彼女の筈なのに、どこか体調でも悪いのだろうか。

そう考えると今まで青子が時折見せていた、自分への心配そうな顔の意味が沁み込んでくる。

今のままではまずい。しかしどうしたらもう一度彼女に歩み寄れるのか。

田崎にとって、大きな課題が立ち塞がる。けれど今は仕事が最優先だ。

「席を外して悪かった。オーダーの様子は？」

「大丈夫です」

「オーケイ。ハイコンロに入るからフライヤー頼む」

「わかりました」

飲食業にとって、週末の長い夜はまだ始まったばかりだった。

薄暗い霧の中を歩いていた。するとぼんやりと小山のような生き物が現れる。

子供が描いたお化けのようなそれは、青子に背を向けていた。

逃げるべき？　しかし足が動かない。

ゆっくりと、小山の巨人が振り返る。顔らしき場所に暗い眼窩《がんか》と、同じく闇を穿ったような口。巨人はくぐもった、けれど聞き覚えのある声で言った。

『結局、お前はすべてを自分の思い通りに管理したいだけじゃないか』

違う。違う。誰かを管理しようなんて思ったことはない。

『お前の掃除した塵一つない部屋。お前がアイロンをかけた皺ひとつない服。お前が作った野菜ばかりの薄味の食事。もううんざりだ！』

（……克之さんの声？）

そんな風に思ってたのか。自分がよかれと思って用意したものは、彼にとって負担と窮屈さしかなかったのか。――だけど一体いつから？

幸せになろうと思っただけなのに、どこで間違った？　何を間違った？

「消えてよ……っ」

けれど巨人は青子の前に立ち塞がったままだ。あれはもう過去のことの筈なのに。

『傲慢な女』

「違う！」

『本当は人一倍プライドが高くて、その分周り中を見下しているんだろう？』

「うるさいっ！」

本当に克之にこんなことを言われたんだったろうか。それとも、これは青子自身が思ったこと？　巨人の言葉はいくつもの棘となって青子を刺す。いずれにせよ、卑屈になりたくないから敢えて家事を仕事に選んだ。今度こそ本当に誰かに喜んでもらうために。

それなのに、今更こんな気持ちになるなんて――。

やばい。今、自分は弱ってる。そう思って目を閉じ、両手で耳を塞ぐ。あんな声、聞かない。聞くもんか。その時ふと、別の声が胸の奥に響いた。

『あなたの仕事は信用してます』

――え？

小山の巨人が発した言葉ではない。ふわりと青子の胸の中に湧いた言葉だった。

（田崎、さん……？）

彼の名を呟いた途端、胸の中に温かい塊が生まれた。その塊が、青子の肌に刺さった無数の棘を柔らかく溶かしていく。

（……ああ、そうか。だから、彼がくれた言葉があんなに嬉しくて……わたし、は――）

しかし温かい塊は、別の不安に消えていく。

嫌われたかもしれない。着信無視なんて子供じみた態度をとって、失望されたかもしれない。

もう、新しい相手が見つかったのかもしれない。だって私たちの間に恋愛感情なんてない。ない筈だ。それでよかった。それがよかった。

なのにどうしてだろう。胸が痛い。息が苦しい。息が、上手くできない――。

青子は茫洋《ぼうよう》とした夢の中、しゃがみこんだまま小さく蹲《うずくま》っていた。


「――ちょっと待って！」

受話器に向かって思わず尖った声が出たのは、このところ不眠が続いていたからではない、と思いたい。最低限の睡眠は何とかとっているし、食事も一応している。

「本当に、克之さんには教えてないわよね？」

「当たり前でしょ？　あんたがそうやって怒るのが分かってたし」

電話の向こうでムっとした声を出したのは、青子の母、聡美《さとみ》だった。

青子の実家に克之から電話があったらしい。離婚した際にすっぱり縁を切ろうと、青子自身の携帯端末などは番号を変えて一切の連絡が取れないようにしたし、新居も教えなかった。しかしさすがに実家の固定電話までは変えられなかった。

元々愛想が良く爽やか系の克之は、青子の母親である聡美とも親しく接していた。だから離婚すると告げた時も、母にはかなりがっかりされた記憶がある。

克之の浮気については他言しないと決めていたから、『何とかならないの？』と責め口調で復縁をほのめかされて閉口した。そんな母でも、娘の別れた夫からの電話は青天の霹霆だったようだ。一通り時候の挨拶や世間話に花を咲かせ、最後に青子の連絡先を教えて貰えないかと頼まれたと言う。もしくは会えるように算段して貰えないか、と。克之の申し出にいささか戸惑ったものの、『青子に聞いてからでないと』とその場では言葉を濁した。


「あれはヨリを戻したがってる感じだったわね」

女の、なのか母親の、なのかは分からぬ、勘の冴えを見せて聡美は言った。

「絶対、あり得ないから！」

青子はきっぱりと吐き捨てる。そんな気持ちは毛頭ない。

「……やっぱり克之さん、浮気したの？」

うすうす勘付いていた口ぶりで言われ、青子は言葉に詰まる。何も言ってなかった筈なのに。

「どうしてそう思うの？」

「まあ、ねえ。克之さんて割と人懐こいって言うか、無邪気と言うか……、女性に対しての垣根が低そうでしょう。まあ、そこがいいとも言えるのかもしれないけど……」

母の言いたいことは漠然と分かった。愛想がいい分、節操がなさそうだと言いたいのだろう。

「――でも、離婚の直接の原因はそれじゃないから」

発端ではあるが、とどめを刺されたのは別の部分だった。

力のない声で言ってから、浮気を否定しなかったことに気付く。母に嘘をつきたくない気持ちも多少あった。今まで具体的に言及されなかったから答えずに済んでいただけだ。

「そう……。とにかく、連絡先は訊かれても知らせない方がいいのね？」

「うん。お願い」

様子を窺う心配そうな声に、離婚した際にも胸を痛めさせたのだろうと思うと苦い気持ちが込み上げた。離婚したこと自体は後悔していないが、やはり周囲に影響皆無とは言えない。

「そのことは分かったから、あんたもたまには帰ってらっしゃい。お父さんだって何も言わないけど心配してるんだから」

「うん、ありがとう」

素直にそう言って、青子は通話を終了させる。

通話が切れた途端、どっと疲れた気がして青子は大きく溜め息を吐いた。


あ、と思った時には遅かった。

青子の手から、男性用の大きめの茶碗が宙を舞い、床に落ちる。フローリングの床にぶつかる衝撃に茶碗は大きく砕けた。茶碗に描かれていたとぼけ顔の狸《たぬき》の絵もばらばらになる。

「す、すみません！」

慌てて拾おうとする青子を、澄江が鋭い声で制止する。

「動かないで――！　破片を踏んだら怪我をするわ。今、掃除機を持ってくるからちょっとそのままでいて頂戴」

そうテキパキ指示を出すと、澄江は掃除機がしまってある納戸へと向かう。

同時に箒《ほうき》と塵取りも用意し、大きな破片だけを先に塵取りに拾い集めてから、散らばった細かい破片を掃除機で吸い込んだ。

「いいわよ、もう動いても」

息を殺しながらそろりと動き出した青子は、履いていた室内履きも脱いで、念のため裏部分も粘着テープをコロコロかける。裏に着けたまま動き、知らない内に他の場所へばらまいて、裸足の澄江を傷つけたら大変だ。一通りの始末をつけた後、改めて自分がしでかした失敗に青ざめた。

「すみません。私、何と言ったらいいか……」

青子が取り落としたのは、澄江の亡夫が使っていた飯茶碗だった。もう四十年以上前に、新婚旅行先で求めた一客である。ずっと食器棚に、澄江のものと一緒に重ねられて置いてあったのだが、今日、中を整理する際に「いいかげん、使う人がいないのに置いておくのもなんだから」と上の棚に移すことにしたのだ。

古い食器棚は背が高く、澄江の代わりに青子が茶碗を移そうとした直後、うっかり手を滑らせてそのまま床に落ちた。白地に藍色の唐草模様を地に、表側に剽軽《ひょうきん》な顔の狸が描かれていたその茶碗は、ガシャーンと派手な音を立てて、大きく割れた。落ちていく茶碗が、青子の脳裏にスローモーションでリプレイされる。その瞬間の、血の気が引く感覚も。

普段はおっとりとした笑みを絶やさない澄江の顔も、今は硬い表情になっていた。

当たり前だ。長年連れ添った亡き夫の思い出の品なのだ。たとえ同じものを弁償できたとしても、それは夫が使っていた思い出の品ではない。

仕事に集中していた筈だった。常々、ものの扱いには慎重を心がけていただけに、取り返しのつかないことをしたと、青子の頭の中は真っ白になっていた。

会社に報告すれば、保険の適応で相応の物品、もしくは現金が保証できるだろう。

しかし、澄江のショックはそんなものでは癒されないのではないか。

そもそも整理能力に長け、極力無駄なものは置かないようにしている澄江が、故人の愛用品を自分の茶碗と一緒にしまっていたことからも、あの茶碗への思い入れが窺える。

「気にしないで。——と言っても難しいかしらね」

しかし澄江は青子を気遣うように微笑んだ。

青子はこれ以上ないほど深く腰を折って頭を下げる。

「本当にすみませんでした！　あの、会社からは相応の弁償をさせていただくと思いますが、私にもできることがあれば何か——」

ひとしきり謝る青子の肩に手を置き、もう一度「本当に気にしないで」と頭を上げるよう促す。

「物にだって寿命はあるわ。このお茶碗もそんな時期だったのよ。だから気にしないで、ね？」

澄江は青子を責めない。その優しさが却って身を切られるように痛い。

消え入りそうな声で何度も「すみません」と言いながら、青子はなんとかその日の作業を終えた。


とりあえずネットで似たようなものがないか探してみよう。いや、でもそんな物、澄江は欲しがらないかもしれない。乱れる気持ちが青子の心にいくつもの針を刺す。

気分はどん底まで落ち込んでいた。

9. 忍び寄る悪夢

仕事には集中していた。手際よく、けれど丁寧に、慎重に。

――そのつもりだった。


「先方がね、たいして価値のある物ではないから弁償はいいと仰って。でも『はい、そうですか』というわけにもいかないから、一応謝罪金をお支払いすることで落ち着きました。久住さんも必要ないと何度も仰ってくれていたんだけど、けじめとしてね」

琴原は責める空気もなく、淡々と言った。

「元々、江利宮さんの評価も高かったから信頼加算もあったよね。実際、僕も『江利宮さんが？』って驚いたし。でもまあ、次からは気を付けて下さい」

琴原の最後の言葉は、いかにも通過儀礼でしかない。しかし青子の表情は暗かった。

「はい。すみませんでした」

粛々と頭を下げる青子に、琴原は「困ったな」と頭を掻く。

一応上司として形式上注意はしたが、正直トラブル処理としては軽い方だった。

中には粗忽《そこつ》なスタッフもいるから、連絡を受ける度にヒヤヒヤする時もある。しかしそんなスタッフに限って「すみませ〜ん」と一言で終わったりする。慣れている分、図太いのだろう。

しかし琴原から見て青子の落ち込みようはひどいものだった。唇を引き結んだまま、顔を上げようともせずに俯いている。この業界で物損トラブルが皆無でないことは青子だって知っている筈だが、元々彼女自身は慎重な性質で、経験したことがなかった。

なまじ失敗をしたことが少なかっただけに、ショックが大きいのかもしれない。

「あと、久住さんだけど、しばらく娘さんの家に行くことになったらしくて、二週間ほどお休みだから」

「え——」

琴原の言葉に驚いて上げた顔色が白かった。客の都合で作業が休みになるのはままあることだ。けれど澄江のように在宅の客は、派遣されているスタッフに直接伝えることの方が多い。やはり気を悪くしているのかもしれない。そう思っているのがありありと読み取れる。

「違うよ。江利宮さんに伝えるのを避けたわけじゃなくて、急な話だったらしいんだ。県外で暮らしている娘さんが怪我をしたらしくて、しばらく家事手伝いを頼まれたんだって」

「……そう、なんですか」

青子の返事に淋しさがにじむ。確かに多少視力が落ちていたとしても澄江の家事能力は充分に長けたものだし、大事な娘が怪我をしたともなれば、心配して駆けつけるのが親の情だろう。

本当は青子の顔が見たくないのでは、なんて考えてしまうのは、神経過敏もいいところだ。そんな青子の本音を読み取って、琴原の眉尻が更に下がる。

「反省は必要だけど、気に病み過ぎるのはよくないから。ね？」

「――はい」

「空いた時間は事務仕事をお願いします。色々雑用も溜まってるし」

「わかりました」

低い声で返事をする青子を、琴原は「もういいよ」と開放する。あとは本人の問題である。

しかしながら『フォレスト』にとって青子は貴重な人材だった。真面目で仕事ができ、客からの信頼も厚い。独身なのでフットワークが軽いのも有り難い。だからこそ、資格を取ってもらっていずれ正社員にと経営側からは期待されていた。

（まあ、女性はデリケートだからなあ……）

琴原は心の中でこっそり盛大な溜め息を吐いて、事務所を出ていく青子の背中を見送っていた。

「まずはちゃんと食べなきゃ」

青子は口に出して言ってみた。自分に言い聞かせるためにだ。

ちょっと嫌なことが続いたからって、仕事に影響が出るなんて言語道断だろう。食欲がないなんて言っている場合じゃない。ちゃんと瑞々しい旬の食材を買って、美味しく料理して食べるのだ。人間、食べられれば何とかなる。

会社が入ったビルを出た時、既に日は暮れていたが、スーパーはまだいくつか開いている筈だ。うまくすれば、いきのいい魚が安くなっているかもしれない。

気持ちを奮い立たせようと、そんなことを考えていた時、ふと視線を感じて振り返る。

（――田崎さん？）

しかし辺りには誰もいなかった。田崎かも、と思ってしまったことで、苦い味が口の中に広がった。確かに同じビル内にオフィスがあるから、会う可能性は皆無ではない。けれど部屋で倒れている彼の姿を見るまで、一度も会ったことはなかったのだ。あれだけ目立つ容姿なら、たとえ顧客の田崎だと知らなくても、一度目にすれば印象には残るだろう。

――会いたい、のだろうか。けれど会ってどうするというんだろう。

あの日、『カフェ・ヴェルドゥーラ』で別れてから一度も会っていない。しかもかかってきた電話は無視してしまった。田崎が気を悪くしたとしてもおかしくはない。着信履歴は一度だけだった。たとえ田崎が他の女性と何があろうと、恋人ではない青子がどうこう言う筋合いではない。と、思う。だから言い訳めいたことも聞きたくはなかった。

一体自分は田崎とどうなりたいのか。そんなことを考えているから今回のような失敗をしたのではないか。そもそも最初の着信を無視しておいて、彼に会いたいと思うなんて身勝手すぎる。自分の失敗くらい、自分でちゃんと処理できなくてどうする。

青子は唇を引き結ぶと、改めて帰途につくべく駅へと歩き出した。

そして――。


彼女の後姿をじっと見ている視線に、結局青子は気付く由もなかった。


――青子だ。

田崎が立つビルの八階の窓からはかなり距離がある筈なのに、その小さな人影でもすぐに分かった。この場所からもう何度か彼女の姿を見ているからだ。

真っすぐぴんと伸びた背中と、迷いのない足取り。いつも持ち歩いている大きな生成りの帆布バッグ。初めて見かけた時と、その姿はほぼ変わってない。季節が変わって着るものの色合いが多少変わったくらいか。

けれど少し元気がなさそうだ。

何かあったのだろうか。それともこの間のことがまだ――。

そう考える自分を浅ましく思う。今、電話をすれば彼女を呼び止められるだろう。急いでビルを出れば、直接顔を見ることもできるかもしれない。

そう思った途端、胸ポケットの携帯電話が振動し始める。プライベート用ではなく、会社から支給されている公用の方だ。画面を見たら開店したばかりの新店舗からだった。またトラブルだろうか。どれだけ入念に事前準備をしても、オープンしたての店舗にトラブルはつきもの、というよりデフォルトである。

田崎は小さく舌打ちすると、ビルから離れていく青子を横目に、受話画面を指でスライドした。


澄江の担当時間が空いたとしても、青子には他の派遣先もあるし、やることはたくさんあった。

スタッフ募集に応募し、本部の面接を受けて採用された新人の研修も青子の仕事だった。前以て渡してあったマニュアルに沿って、実習室での研修を行う。

目の前で、笑顔を浮かべる琴原がやや緊張気味の若い女性に青子を紹介する。

「佐藤《さとう》さん、こちら江利宮さん。しっかり教えて貰って下さいね」

履歴書に寄るとフルネームは佐藤朋美《ともみ》。小柄で不安そうな顔は青子より若く見えるが一つ上だった。家族構成は夫と小学校に上がったばかりの息子が一人。子供が多少手を離せるようになったので、短時間で働こうということらしい。実際、登録しているスタッフの殆どが主婦だった。

家事代行は無資格職としては時給がいい。しかも週一、二〜三時間勤務からOKだから、家族の用事の合間を縫って短時間働きたい者には打って付けなのだった。

もっとも主婦だから誰もが家事ができるとは限らない。家事を習って主婦になるわけではないからである。

そしてどうやら朋美はあまり家事が得意ではなさそうだった。要領が悪く、動きも無駄が多い。これはかなり研修に時間がかかりそうである。

（——まあ、研修の間にやめなきゃだけど）

青子は胸の内で冷静に呟いた。

近年、『フォレスト』にも一時期就職希望者が増えた。需要も増えていた時期だったから、会社としては有り難い。しかし早々に辞める者も多かった。家事代行で正規雇用は難しい。

時給が高いのは、裏を返せばそれだけ勤務時間が短いからだ。午前と午後に一件ずつ入ったとしても、両方が二時間の定期コースなら一日の総労働時間は正味四時間。正規雇用を求める者にとっては生活的に厳しい。福利厚生を付けようと思ったら最低でも週五日フルで入ってようやく月間八十時間を超えるわけだが、移動時間も含めて結局それで一日が終わるとしたら、効率がいいとは言い難いだろう。青子は準社員として、空いた時間も会社の事務や今のような新人研修に携わることで福利厚生を受けているが、殆どは梨麻のようなダブルワーカーや短時間希望のパートアルバイトが構成スタッフとなっていた。また逆に家事が得意と豪語する者ほど、予想外の仕事の難しさや自分のやり方にこだわり過ぎて辞めるケースも多い。

家事代行はサービス業なのである。どれだけ顧客の希望を汲み取れるかが大きい。どんなに丁寧に心を砕いた作業をしても、それが顧客の望んだことでなければ満足しては貰えない。だからこそ観察力やコミュニケーション能力も必要になってくる。たとえば洗濯物の畳み方もその家、その収納場所によって様々だ。特に靴下や下着など小さいものは、独自の畳み方をする依頼主が多かった。青子はそんな各顧客のやり方や希望を汲んで、それぞれで畳み方を変えている。

そして決められた時間内に求められる家事を終えるにはかなりの頭脳労働も必要とされる。たかが家事、されど家事、である。

朋美は一応マニュアルに沿った仕事はしていたが、今ひとつ仕上がりが甘い。青子は具体的な箇所を示して、模範例を見せた。朋美は弾かれたようにメモを取り始める。やる気の姿勢としては悪くない。

そんな研修を数回重ねた後、朋美を伴って現場実習を始める。朋美がやった作業の、仕上がりを青子がチェックして終わる形だ。作業報告書を書き、二人で鍵の施錠を確認して顧客宅を辞去する。そのまま電車に乗って『フォレスト』の事務所へ戻った。オフィスで今日の反省ミーティングをすることになっている。しかしビルに入ろうとした朋美が不意に立ち止まった。

「あら……?」

「どうかしました?」

背後を振り返る朋美に、青子は声をかける。朋美は眉間に皺を寄せて後方を見ていたが、諦めたように青子に向き直った。

「ビルの窓に映った人が、こっちを見ていたような気がしたんですけど……」

言ってから、朋美は自意識過剰を気にしたように赤くなった。

「振り返ったら誰もいなくて。やっぱ気のせいですね、すみません」

青子はざっと辺りを見回した。オフィスビルが立ち並ぶ界隈は、昼下がりのせいか人影はまばらで、特にかわった様子はない。何かを見間違えたのだろう。

青子はあまり気にせず、そのままビルの入り口へと入っていった。

それが失敗だったと気付いたのは、数時間後だった。

ミーティングを三十分ほどで終え、朋美が帰った後も青子は事務所に残り、デスクワークをしていた。『フォレスト』のオフィスサイトにあるブログ記事の更新である。

当節の御多分にも漏れず、『フォレスト』も集客目的で個人情報を伏せた家事代行内容や、ちょっとした家事のコツなどを数人のスタッフが持ち回りの不定期更新で記事にしていた。

記事にコメントがつくことは殆どないが、それなりにアクセス数はあり、特に本職の梨麻が書く記事は「百均商品の意外な便利利用」等、含蓄を含ませながらユーモアたっぷりで人気が高い。

青子の書く小さな家事のコツやレンチンでできる簡単副菜記事等も、汎用性が高くそこそこ人気があった。

一通り書き終えて何度か読み返し、上司にチェックしてもらってサイトにアップする。

時計を見ればちょうど終業時間だったので「お疲れ様」と事務所を後にした。

今日もこの後、梨麻と待ち合わせをしていた。どうやら食が細くなっている青子を心配しているらしく、梨麻が食事に誘う頻度はここのところ上がっている。

もっとも外食ばかりだと高くつくので、互いの家を交互に行き会う感じだが、今日は久しぶりに外飲みの予定だった。待ち合わせはビルの入り口だったから、ガラスのスイングドアを開けて外に出ると辺りを見回す。

まだ少し早い時間のせいか、梨麻の姿はなかった。声をかけられたのはその時だ。

「青子、さん？」

「へ？」

声のする方へ目を向けると、若い女性が立っていた。

ゆるふわの長い髪にフェミニンなシャーリングたっぷりのブラウスと花柄のミニスカート。ピンク色の爪も人口石をあしらった花柄である。

一瞬、見覚えのあるその顔に誰だっけと脳内検索し、突然激しいフラッシュバックに襲われる。

（あ――）

「その顔じゃ、覚えてるみたいですね」

女性は安っぽい微笑を浮かべて青子に近づいてくる。

青子はすかさず避けて歩き出そうとしたが、素早く右腕を両手で摑まれた。

「離してください。あなたと話すことは何もないわ」

青子の硬い口調をものともせず、女は笑いながら青子を離そうとしない。

「そりゃそうですよね。でも私も困っててぇ。こんなこと頼む筋合いじゃないって分かってるけど、青子さんに助けて欲しいんですぅ」

語尾が伸びる甘ったるい喋り方。名前、なんだっけ。一度しか会ったことはなかった。

克之と裸で抱き合っているのを、一度しか――。

「彩菜《あやな》、さん？」

克之がそう呼んでいた気がする。名字は知らない。知りたくもなかったので聞いていない。

「せいかーい。凄いですね。彩菜だったらソッコー記憶を削除しちゃうけど」

覚えていて欲しいのか欲しくないのか、恐らく考えて喋ってはいないのだろう。無視して無理にでも歩き出そうとした青子の耳元に、そっと話しかけられた。

「最近、克之さんから何か言ってきてません？」

母、聡美の電話を思い出し、青子は彩菜の顔を凝視してしまった。彩菜はニンマリ笑って恋人同士がするように青子の手に自分の腕を巻き付けてくる。

「私にはもう関係ないから」

できるだけ冷たい声で言い放ち、彩菜の腕を振り払おうとするが、蛇のように絡みつくそれは青子を逃がしてはくれなかった。

「そうかもしれないけどぉ……、ちょっとくらいお話しさせてくれてもいいじゃないですかぁ」

青子の腕に胸を押し付け、上目遣いで睨んでくる顔は、それが可愛いと自覚しているのだろう。もっともそれにぽ〜っとなるのはせいぜい女性に慣れてない男性だけで、青子にはなんの効果もなかったが。

「悪いけど、友達と先約があるの」

「そう言わずに五分だけ！　あそこのお店でいいですから……」

彩菜は数軒先のビルの一階に入っているコーヒーショップを顎で示しながら、縋《すが》るようにしつこく迫ってくる。更に片手を青子から離して自分の前髪を掻き上げ、額の左側を見せてきた。

「これ、なんだかわかります？」

化粧に隠れて薄くなっているが、僅かに青黒くなっている。何かにぶつかった痣《あざ》らしい。

青子は眉間に皺を寄せた。

「まさか、克之さんが——？」

彩菜は小さくこくんと頷いた。

バカな。暴力をふるうような男ではなかった筈だ。少なくとも青子が手を上げられたことは一度もない。

「お願い。話を聞いてほしいの。五分だけでいいから……」

先ほどまでとは打って変わって、怯えたようなしおらしい声に、青子の心がぐらつく。

こんな女に付き合う必要はない。克之との間に何があろうと、青子には関係ない。

絶対ない筈、なのだけど——。

「五分だけ。——でもその前に約束してる友達に連絡させて」

彩菜の顔がぱっと輝き、もう一度こくんと頷いた。

『ごめん、ちょっと遅れる』

簡単なメッセージを梨麻に送った青子の腕に、逃がすまいとがっちりぶら下がったまま彩菜は歩き出した。そのまま先ほど顎で指したコーヒーショップに行くのかと思ったら、店の入ってるビルを通り越して細い路地に入っていく。狭苦しいその路地は、あまり人が通らないのを示すように地面に空き缶やごみが転がり、壁には落書きがあった。

「ちょっと！　さっきの店に行くんじゃゃ……」

「だって、人に聞かれたくないし」

「でも――」

そのままひと気がない奥の方に連れて行かれて奇妙な違和感を覚える。

「私、やっぱり――」

行かないと言いかけた時、背後の建物と建物の隙間からにゅっと伸びてきた腕に肩を掴まれた。

「克之さん！」

どこに潜んでいたのか、背広姿の克之が青子に迫ってきていた。

左右から二人掛かりで捕まえられて、身動きが取れなくなる。

「これでやっとゆっくり話ができそうだな。お前ときたらお義母さんにも口止めするもんだから、捕まえるのに苦労したよ」

朗らかな笑顔を向ける克之を、青子は睨みつけた。

「克之ぃ、約束だからね？」

「ああ。分かってる」

どうやら彩菜はグルだったらしい。人目のある表通りで、直接克之が声を掛けて青子に逃げられるのを警戒したのだろう。財布から渡された数枚の札を受け取った彩菜は「じゃあ、私はこれで～」とあっさり青子を克之に引き渡して元来た道を戻っていった。

ということは、あの殴られた跡も偽物か。少しだけホッとする。

「一体どういうつもり？」

「だからゆっくり話したいだけだって」

「話すことは何もない」

「そう言うなって。なあ、青子。俺たちすっごく仲が良かったよな？　出会ってからずっと、一緒にいるだけで楽しくて仕方なかったよな？」

克之に言われて、楽しい日々が走馬燈のように回りだすのを感じて、青子は脳内を乱暴に蹴散らす。走馬燈なんて死亡フラグみたいで縁起が悪すぎる。過去の日々なんて、とっくにゴミの日に出して焼却処分にした筈だ。女のリセット機能を舐めるんじゃない。

「それを終わりにしたのはあなたでしょう？」

「……ああ。一緒に生活することについて、見通しが甘かったのは認めるよ。でも……今ならもっとうまくやれる気がするんだ」

取り繕ったような笑顔からは、違和感しか感じない。

――何を言ってるんだろう。今更何を？

「彩菜さんがいるじゃない。彼女とうまくやれば？」

「あいつとはとっくに別れてるさ。まあ見た目はあの通りまあまあ可愛いから今でもたまに会うけど……それはトモダチとしてだし。大体あいつ本っ当に何もできないんだぜ？　最初は俺もそれが気楽だったたし、俺がその方がいいって言ったからできないふりをしてるんじゃないかと思ってたんだけど……炊飯器も掃除機の使い方も知らなかったんだ」

しみじみこぼす克之の言葉にうんざりする。

「それが良かったんでしょう？」

完璧な家事は息が詰まると、心が離れたのは克之の方だった。

「青子が何でもできてたからつい比べちゃうんだよな。青子並とは言わなくてもその半分か……三分の一くらいはできるかと思うじゃないか。女なんてできないふりをするのが上手いから」

確かに何もできないふりをするのが可愛いと思っている女はいる。――が。

「そんなこと知らないわよ」

青子には関係ないと吐き捨てる。青子が克之の為に選んで用意した女ではない。

「とにかく。戻ってきて欲しいんだ。青子がいないと家の中がやばくてさ……俺、仕事にうまく集中できなくて――」

それが本音か、と腑に落ちた。

元々克之自身、家事はあまりしたことがなかった。だからこそ専業主婦に、と望まれたわけだが、その上で青子が一から十までしてしまったから、本当に何もできないままらしい。しかも荒れ放題の家で買い食いや暴飲が続いているのだろう。微妙に顔がむくみ、表情に締まりがなくなっている。仕事に集中できないというのもあながち嘘ではないのかもしれない。いや、あるいは何か失敗をやらかしたのだろうか。

「も、もちろんそれだけじゃなく！　俺には青子が必要なんだ！」

青子の冷めた目に焦ったのか、とってつけたようなセリフを吐きながら、克之は彼女の肩を摑むとひと気のない路地裏の壁に押し付けた。

「青子だってそうだった筈だ。あんなに俺を大切にしていてくれたじゃないか。大丈夫、きっとやり直せるさ。そうだ、いっそ子供でも作って――」

力任せに押し付けられて、肩と背中が悲鳴を上げる。

「痛っ。ちょっと、落ち着いて――」

克之の目が尋常じゃない。しかもなんて言った？　子供？

ここで初めて青子の中の危機感が一気に膨らんだ。

自分の中だけで世界を作り上げている男の目だ。現実を何も見ていない人間の目だ。

「バカ言わないで！」

思わずそう叫んだ瞬間、克之の手が飛んできて、パンっと青子の頰が弾かれる。

殴られた、と気付いたのは後からだった。壁にぶつけた後頭部と、頰と両方の激しい痛みで目がちかちかする。しかし克之の手は再び青子の肩を摑み、激しく揺さぶっていた。

「冗談なわけないだろう！　せっかく俺がこうして青子を許してやるって言ってるのに」

（許してやるって、何？）

青子は耳を疑った。許せなかったのは青子の方だ。浮気され、していた努力をすべて否定された。もう一緒にいられないと確信したから別れたのだ。

しかし克之の中では違ったらしい。息苦しい妻に愛想をつかしたものの、やはりまだ本当は自分のことが好きだろうから改めて拾い上げてやろうというのか。

どうしたらそんなふざけた考えに至るのか、やはり正気を失っているとしか思えない。

以前の克之はそんな男ではなかった。

少なくとも付き合い始めた頃の克之には、丁寧に、相手の話を聞く姿勢があった筈だ。

「克之さん、やめ――っ」

押し退けようとする青子の腕はびくともせず、そのまま克之の体が覆い被さってくる。首筋に唇を押し付けられて背すじに怖気が走る。服の上から胸を鷲掴みにされ、太腿をまさぐられる。

「やだ、や……っ！」

ひと気がないとはいえ、こんないつ誰が来るとも分からぬ路地裏で？　そこまで追い詰められているのだろうか。しかしこのままでは――。

その時、微かな足音を青子の耳が捕らえた。

こちらに来るらしい。叫び声を上げようとする青子の口を、克之が乱暴に手の平で塞ぎ、無理矢理建物の裏口らしき、ゴミだらけの物陰に押し込まれる。

「声を出すな」

克之の目が血走っていた。根性が腐っていようが男の力だ。女である青子には押し退けようとしてもぴくりとも動かない。言いようのない恐怖が青子の中に充満する。

ざっざっと聞こえる足音は早々に通り過ぎていった。耳をすませていた克之も、安堵の息を吐いて青子の服をまさぐり始める。

覆われている口から手が離れれば――、大声で叫べばさっきの通行人に聞こえるかもしれない。青子は自分の口を塞ぐ克之の手の平を思い切り嚙んだ。

「いてっ、青子、お前……っ！」

血走った目の克之が、再度右手を思い切り振り上げる。

（また殴られる――）

そう思った瞬間、青子は思わず目を瞑って顔を背けた。

しかし必死に逃れようと克之の胸を押していた青子の腕から、不意に手ごたえが消え去った。

「な……っ」

克之の狼狽する声に恐る恐る目を開けると、いつの間にか現れた田崎が克之の体を青子から剝がし、反転させて胸倉を摑むと、思いっきり殴りつけていた。

「田崎さん……⁉」

青子は呆然と呟く。よほど強いパンチだったのか、克之は反対側の壁に打ち付けられてそのままずるずるとしゃがみこんだ。

「以前、誤解されるような真似はと言った筈だけど――、今回は確信犯だったみたいだな」

低い声には抑えきれないほどの怒りが溢れている。そのまま田崎は屈みこんで倒れている克之の背広の胸ポケットに手を突っ込み、名刺入れを探り出す。

「な、なにを――!」

田崎は中から一枚名刺を抜き取ると、冷え冷えとした口調で言った。

「今後、二度と彼女に近づかないと約束しろ。それができないならあんたの会社の上司に今回のことをばらした上で、傷害罪で訴える」

「傷害罪なんて、俺は――!」

「彼女がちゃんと証拠動画も撮ってるぞ?」

田崎が自分の背後を親指で指すと、建物の陰から携帯端末を克之に向けた梨麻がぴょこんと顔を出した。田崎は更に屈みこんで、壁を背にしゃがみこんでいる克之の胸倉を、もう一度力いっぱい摑んで締め上げる。うまく息ができないのか、克之は蒼白な顔になっていた。

田崎は克之に顔を近付けると囁くように言った。

「あと、ネット上などでの誹謗中傷も、万が一見つけた場合はあなた自身を徹底的に潰させて貰う。職業柄専門機関に顔が利くから、そのつもりで」

大きな声で脅迫されるより恐怖を煽る声だった。

「し、しない…、そんなこと絶対にしない、から――」

克之の顔から完全に血の気が引いている。田崎の全身から滲み出る沸々と沸き上がるマグマのような怒りを感じ取って、克之は完全に戦意喪失し、虚脱状態だった。

青子は大きく息を吸って吐くと、震えそうになる拳を握りしめて、「田崎さん」と声をかける。

田崎は青子の方を振り返ると気遣わしげに「大丈夫ですか？」と尋ねた。

青子は首を縦に振って頷くと、田崎の腕に手をかけ、克之の前から引かせる。そして克之を見下ろすと、抜く手も見せず克之の頬を平手でひっぱたく。

田崎に殴られた頬がもう一度、今度はばちーんと鳴った。克之は頬を抑えながらあんぐりと青子を見ている。そんな彼に、青子は一切の感情を交えない冷徹な声で言った。

「もうあなたには会いたくない。二度と私の前に現れないで」

田崎にだけ言わせる訳にはいかない。最後通牒は自分で突きつけねば。

誰かに依存しても、寄りかかる相手がいたとしても、そこで得た幸運はまがい物でしかない。たとえ青子が復縁し、克之の生活を立て直したとしても、また同じような壁にぶつかるだろう。

結局は自分で何とかするしかないのだ。そのことに克之自身が気付かなければ意味がない。

「さよなら」

できるだけ冷たい声で言い放つ。

克之はがっくり項垂れたまま、答える声も失っているようだった。青子は地面に落ちていた自分の鞄を拾うと、踵《きびす》を返して表通りへと向かって歩き出す。田崎と梨麻もそれに倣った。

表通りに出て一つ目の角を曲がった途端、青子の足がよろめく。

「青子さん！」

「先輩！」

田崎と梨麻が同時に駆け寄って、左右から青子を支えた。

「ありがと。少し……捻ったみたい」

青子は小さく笑顔を作りながら、よろけた方の踵を少し浮かせた。

克之に壁に押し付けられた時、変な捻り方をしたらしい。足首が少し腫れていた。緊張の糸が切れて、体が痛みを思い出した感じだった。

「ごめん、梨麻ちゃん。今日は帰っていいかな」

「それはもちろん！　家まで送ります。タクシー捕まえてきますね」

梨麻はそう言うと、広い歩道のビルの壁際から車道に向かって走っていく。

その間、田崎が青子の体を支えてくれていた。

その腕に、なぜかホッとして泣きそうになるのを、青子は必死で堪える。

「あの人がこんなことをするなんて思わなかった」

独り言のように言う青子の背中を、田崎が無言で撫でる。それだけで安堵が体中に満ちていく。

（――だめ。今は泣きたくない）

他の男のことで、田崎にすがるような真似はしたくない。涙を誤魔化す代わりに彼に問いかけた。

「どうして梨麻ちゃんとここに？」

彼も同じビルで働いているのだから、偶然と言えばそう言い切れる。しかしそれにしてもタイミングがよすぎないだろうか。

「僕が佐倉さんを呼び出していました。実は――数日前から青子さんの姿を入り口で何度か見かけていたのですが、その時怪しい動きの男がいたように見えたので……佐倉さんに相手を確認してもらおうかと。しかし出遅れてあなたに怪我をさせてしまいました」

「――！」

やはり自分や朋美が感じた視線は気のせいではなかったのか。どういう方法でか、克之は青子の勤め先を探り出し、何とか捕まえようと算段していたのだ。

「青子さんに直接連絡すればよかったんですが、それもちょっと躊躇われて。でも――連絡すべきでした。すみません」

「そんな！　謝らないでください。お陰様で大事《おおごと》にならなくて済みました。もしあのまま一人だったら――」

青子はそこで口を噤《つぐ》む。レイプされていたかもしれない。思わず殴られた頬を手で押さえる。

それを田崎に告げるのは辛かった。と同時に、改めて恐怖が沸き上がり、震えそうになる。それは青子の背中を撫でる田崎にも伝わったらしい。

「青子さんが無事で——よかったです」

深々と安堵の息を吐くように、田崎は言った。それだけで胸が熱くなる。再び目頭が熱くなり、涙が出そうになるのを堪えるためにぎゅっと唇を噛みしめた。

「青子先輩！　タクシー捕まりました」

通り沿いにタクシーを停止させた梨麻が、青子を呼びに来る。

「大丈夫？　歩けます？」

心配そうな顔で覗き込む梨麻に、青子は何とか微笑んで見せた。

「大丈夫。田崎さん、それじゃあ……本当にありがとうございました」

支えて貰っていた腕から体を離した途端、淋しさが募る。それは田崎も同じだったらしい。

「今度、ゆっくり話せますか」

まっすぐ青子を見つめ、田崎は訊いた。

「……ええ。都合のいい日を知らせてください」

青子は潤んだ眼を向けて答える。

「タクシーまで、腕を貸します」

彼の腕にすがって歩き出す。今更ながら頬と足首はずきずきと痛みだしていた。ハザードランプをカチカチ鳴らして路肩に停まっていたタクシーに、青子と梨麻は乗り込む。その隙に田崎はタクシーの運転手に「これで」とタクシー代を多めに渡していた。払って貰う義理はない。断らなきゃと思うのに、疲労感に襲われて声が出ない。走り出したタクシーのバックミラーに、青子たちを見送って立っている田崎の姿がずっと映っていた。青子も彼が見えなくなるまでずっとバックミラーを見つめていた。

10. 彼の決意

梨麻に付き添われてアパートに帰り、腫れていた頬と足首を冷やす。

頬は数日跡が残るかもしれない。不在中の作業がメインなことが幸いだった。作業に支障がないとはいえ、さすがに顔が腫れているのを見られては客は引くだろう。

数少ない在宅の客である澄江も、まだ娘の家から戻れないらしく、事務所勤務が長引いているのが却って有り難かった。事務所勤務は肉体労働でないのも幸いである。

取り急ぎ、仕事に障りはないと判断して、青子はホッと息を吐く。

「大丈夫？」

梨麻が心配そうに青子を覗き込んだ。青子は頷きながら聞き返す。

「田崎さんと会ってたんだって？」

不意打ちを食らって梨麻は気まずそうに言葉を詰まらせる。青子は苦笑を浮かべた。

「私が裏工作は無しって言ったから、気を遣わせちゃったんだね」

「……青子先輩、知ったら嫌な顔するかなあと思って。でも田崎さんから話を聞いたら心配になったから、とりあえず現状確認してから青子先輩に言うかどうか決めるつもりだったの」

田崎の杞憂《きゆう》なら青子には何も話さずにおくつもりだったらしい。梨麻らしい気の遣い方だった。

「おかげで助かった。ありがと」

ちょうど待ち合わせの前に田崎と会っていたから、青子の危機を察知して貰えたとも言える。よもや青子自身、自分に身の危険が迫っているとは思ってもいなかったのだ。

しかもその相手が元夫の克之だとは。

実家の母への電話など前兆はあったとはいえ、あそこまで追い詰められているとは思いもしなかった。けれど、克之の青子への執着は愛や恋といった甘いものではない。うまく生活が回っていた頃の、自分の環境に対する執着だった。

「……克之さん、変わっちゃったね」

結婚前、まだ青子と恋人同士だった頃の彼を知る梨麻が、淡々と呟く。あの頃は青子を大切にする優しい男にしか見えていなかったのに。青子はアハハと自嘲の笑みを浮かべた。

「私にも……半分責任はあるんだけど」

「そんな！　青子先輩が責任を感じる必要なんて全然ない！」

いつになく梨麻がムキになっている。ちゃんとした大人であれば、他人からの影響はあるにせよ、自分の変化は自覚をもって自己責任というのが梨麻の持論である。

けれど青子の中で、克之に対する奇妙な罪悪感は拭えなかった。

「甘やかしちゃったからなあ……。思っていることが何もない訳じゃないのに、諍《いさか》うのが嫌で、飲み込んでいい顔ばかり見せてた。嫌って言うか……単に面倒くさかったんだって今なら分かるんだけど。好きってことを言い訳に母親みたいに世話を焼いて、何もできない人にしちゃった」

そう言って青子は肩を竦める。克之だって一人で暮らしていた時は、それなりに自分のことは自分でやろうとしていた。努力することを、知らないわけじゃなかった。その芽を、青子が摘んでしまったと思うのは傲慢すぎるだろうか。

そんな青子の感傷を、梨麻はばっさり切り捨てる。

「まあ、男女にかかわらずとことん甘えてくる人っているからね。そういう人って、ちゃんと甘えられる人を見分けてるんだよ。意識的にせよ無意識にせよ」

梨麻の毒舌はいつ聞いても雄々しく心強い。だからつい本音が漏れた。

「あのねえ、……私、田崎さんが好きよ」

「ちょっと！　それ、言う相手違うから！」

梨麻のきっぱりした口調に更に苦笑する。本人にまず言えという話だろう。

「うん。でも、男の人ってどう寄り添えばいいか、もう、よく分からなくて……」

ともすれば嗚咽《おえつ》交じりの声になりそうだったから、無理矢理明るく言ってみる。本当に、怖かったのだ。青子をレイプしようとさえした、克之の変化が怖かった。本当に、知らない人のようになっていた。

ていた。

元々やや浅はかなところはあったが、明るく人懐こく、優しい青年の姿は消えてしまっていた。人が、自分と寄り添うことで思いもしなかった方向に変化するのが怖い。

「田崎さんと、今度ゆっくり会うんでしょう？」

タクシーに乗る前の会話を聞いていた梨麻が、さりげない声で言った。

「うん……」

田崎はそう言っていた。青子も、彼とゆっくり話したかった。

けれど——。

楽しい話にはならないかもしれない。そんな予感が、青子の胸中を重く沈んだものにさせていた。

その三日後、結局以前恒例になっていた金曜日の夜に、田崎のマンションを訪ねることになった。玄関で顔を合わせた途端「まだ、少し痛そうだな」と眉を顰められて、青子は苦笑する。

叩かれた頬も捻った足首も、もうあまり痛みはない。多少跡は残っているものの、腫れはもう消えかかっている筈だ。彼は少し神経過敏になっているのかもしれない。

「見た目ほどは。足首も軽い捻挫で済みましたし」

青子がそう言っても、田崎の顔は苦虫を嚙み潰したように硬いままだった。

「もう一発殴ってもよかったな」

いかにも本気と分かる口調を、宥《なだ》めるように青子は顔を顰めてみせた。

「ダメですよ。過剰防衛で田崎さんが訴えられたら、それこそ私が困ります」

田崎は軽く肩を竦めて溜め息を吐く。リビングに通され、青子はソファに腰かけて田崎が淹れてくれたコーヒーを口にした。ヴァテマラの深いコクが口いっぱいに広がる。

「その後、彼からのアプローチはなさそう？」

「ええ。一応気を付けては見てますが、特にそれらしい気配は」

「まあ、会社を盾に脅したから大丈夫だと思うけど」

元妻へのストーカー行為、及び暴行傷害。

社会人である克之にとって、会社への連絡は社会的抹殺に近い意味を持つ。下手をすれば解雇、もしくは減給等の処罰も皆無とは言い切れない。そうでなくとも元妻への暴力という事実が発覚すれば、周囲の目は厳しいものになるだろう。脅しとしてはかなり効き目があった筈だ。

同じ会社員である田崎ならではのとどめの刺し方だった。

「田崎さんもかなり怖かったですしね」

青子は半ばおどけた声で言った。

「これでも担当地区では『鬼のエリマネ』で通ってるんです」

「……！」

真面目な顔で答えられて、青子はつい吹き出してしまう。確かに仕事に厳しくこだわりの強い彼は、下にいる者にとってかなり畏れを抱かせる存在なのだと思える。

口うるさい上司に閉口する職場を想像しながらひとしきり口元を抑えて笑った後、青子は涙目になった眼尻を拭いながら、田崎に言った。

「あの時はちゃんと言えなくて——気になってたの。助けて下さって、ありがとうございました」

言った途端、頬にすっと一筋の涙が流れ落ちる。どうやら笑いの涙が呼び水となったらしい。

全く予期しなかった自分の反応に、青子は激しく動揺した。

——泣くつもりなんてなかったのに、怖かったのはあの時だけなのに、なぜ今？

しかしそんな青子を見てどう思ったのか、田崎はゆっくりと彼女を抱き締める。

静かな、温かい抱擁だった。

強すぎず弱すぎず青子を抱き締める彼の優しい腕の中で、心の奥底に溜まっていた諸々の感情やモヤモヤが、ゆるゆると解けて涙と共に流れていく気がした。

（——ああ、このひとが好きだ）

確信に満ちてそう思う。胸がふんわりと温かくなる。

「青子さん。あれから少し考えたんだけど……」

数分後、体を剥がしながら田崎は話し出した。艶のある低音が耳に心地いい。

「何ですか?」

長身の田崎を見上げ、青子は小首をかしげる。

「僕と、結婚しませんか?」

「……は?」

一瞬、何を言われたか理解できず、青子は目が点になった。

「た、田崎さん?」

「かなり強力に脅したとはいえ、万が一のことを考えると、彼に復縁の可能性は完全にないと分からせた方がいいと思うんです」

「えーと……」

青子の身を守るために……結婚? ってなんだそれ?

「それに一緒に暮らした方があなたを守りやすい気がするし……連絡も取りやすくなる。どうでしょう?」

「ちょっと待ってください! 私を守るために結婚なんて……ちょっと」

短絡的過ぎる、と言いかけて口ごもる。短絡的は言い過ぎだろうか。もうちょっとこう、いい言葉が――。

「あ、言いそびれていましたが、先日の女性は何の関係もありませんし未遂です。疚《やま》しいところは何もありません」

そう言えばそのこともあったな。克之の件ですっかり吹っ飛んでいたが。

「いえ、そうでなく！」

「もちろん相応の式もできるよう手配しますし、あなたが望むなら新居に引っ越しを考えても。もっとセキュリティ重視で――」

「ちょおっと、ストップっ！」

思わず出た青子の大声に、田崎は先走り過ぎたと気付いたらしく、頬を赤く染めて俯いた。

「すみません。ちょっと焦っていたようで」

「ええ、その……落ち着いて、ね？」

青子もなぜか頬を赤らめて田崎の腕から抜け出る。展開が唐突過ぎて着いていけなかった。とりあえず、少し冷めかけたコーヒーを飲んで心を落ち着かせようと試みる。

混乱している青子を見つめ、田崎は改めて真剣な面持ちで話し出した。

「僕は――どうやら思っていた以上にあなたのことが好きみたいです」

少しつっけんどんな口調になっているのは照れているのかもしれない。眼尻も少し赤い。

そんな田崎を見るのは初めてで、つい可愛いと思ってしまう。

「あの、私も田崎さんのことが好きです」

言ってから頬が緩む。そう言えることが嬉しくて、思わず顔が綻んだ。

田崎は眩しそうにそんな青子を見つめ、両手で彼女の頬を包み込むと、ゆっくりとキスをした。

青子も目を閉じて、久しぶりの彼の唇の感触を味わう。

好きだ。

その一言があるだけで、皮膚の感度がワンランクアップする気がする。

やはり好意に基づいた接触は気持ちいい、と思う。

「でも、わた――」

言いかけた言葉は吸い付く唇に塞がれた。触れていただけのそれは、官能を求めて深く交わり始める。田崎の舌が青子の口中に差し込まれ、青子の舌を求めて絡み始める。極上の、熟れ切った果物を味わうように、互いの舌を舐め合った。

それだけで子宮がずくずくと疼きだし、青子の体温が上昇し始める。

「返事はあとでいい。今はあなたを抱きたい」

熱っぽいまなざしを向けられ、脳が急激に沸騰した。この人が欲しい。触れ合いたい。体の奥底までぐずぐずに溶け合ってひとつになりたかった。

「田崎さん、私……」

だめ、まずいってば。

そんな理性の声が遠くで聞こえた気がしたが、欲望に凌駕された。

何も考えられなくなり、青子も潤んだ眼で見つめ返す。二人の間に熱の磁場が生じていた。

「名前で、呼んでください」

田崎がはにかむように微笑んだ。青子は彼の名前を、宝物のように唇にそっと乗せる。

「馨――」

名を呼んだ途端、再び唇が塞がれた。何度かキスを繰り返した後、手を取って寝室に導かれる。そのままベッドに押し倒された。青子は唇を合わせたまま彼の首に自分の腕を巻き付けてしがみついた。田崎の手が荒々しく青子の服を脱がせていく。

ブラとショーツだけにした後、田崎はブラを思い切り首の下にずり上げると、既に紅く尖っていた先端を強く吸った。

「はぁ…んっ！」

何の予兆もない直接的な刺激に、期せず甘い声が漏れ、下腹の奥がぎゅうっと締め付けられる。

思わず背を反らし、瞳をぎゅっと閉じて快楽に身を任せた。

「会えなくて、淋しかった」

低い、独り言のような田崎の呟きに、青子の眼尻から涙が零れ落ちる。自分もだ。ずっと彼に会いたかった。触れたかった。抱き合いたかった。青子は田崎の顔に手を当てて、自分の方へと向けさせる。狂おしい感情と渇望を滲ませた雄の目が、青子を求めていた。

「私も」

青子は囁くように言って、少しウェーブのかかった彼の髪に指を絡ませた。

田崎は呑み込んでしまいそうなキスを青子に施しながら、柔らかい双丘に指を沈めて揉みしだく。固くなった先端が、指先で押し潰されて、彼を抱き締める手に力がこもる。

「あン、気持ちイ――」

青子の快感を察して、両先端がぐりぐりと摘まれた。青子は首を反らしながら獣のように「はぁん……っ」と喘ぎを漏らす。

「ダメだ、もう――」

切なげな響きに彼の欲望を感じ取り、青子は小さく頷くと、自らショーツを脱ぎ捨てた。

「きて……ぐちゃぐちゃに――私を壊して」

田崎も素早く着ていたジーンズを脱ぎ捨てると、猛り狂った雄芯にゴムを被せて青子の太腿を抱き上げた。そのまま片手を添えて青子の中へと一気に突き立てる。

「あぁあ……っ！」

激しい圧迫が青子の中を襲い、凄まじい快感を連れてくる。自らの蜜で充分濡れていたそこは、田崎のモノを一気に受け入れていた。

「すごい、こんなに……」

感極まったような掠れ声が、青子の耳に甘く響く。そのまま激しい抽送を繰り返され、何度も奥を突かれた。その度にあられもない声を上げて青子は乱れた。

「や、ぁあっ、あぁあっ、はあぁああん…っ!!」

あまりの快感の激しさに、体がばらばらになる錯覚に襲われる。壊されたい。壊れてしまいたい。せり上がってくる頂点の予感に、青子は一層自分の中の田崎を締め付けた。

「う…っ！」

呻き声をあげて、田崎の動きが更に激しくなる。パンパンとぶつかり合う音が寝室に響いた。擦れ合う部分がマグマのように熱い。

「かお…、かお、る…ぅ…っ」

手を伸ばして彼の背中に爪を立て、青子も腰を振った。びゅっ…と迸《ほとばし》る感触が、薄いゴム越しに伝わり、青子の中もびくびくと震えた。断続的な痙攣は、田崎の一部を締め付けて離そうとはしなかった。体を繋げたまま、がっくりと田崎の体が青子の上に落ちてくる。

気が付けば唇の端からは涎《よだれ》が垂れていた。

はあはあと荒い息を繰り返しながら、しばらくそのまま二人で重なっていた。


二回目は先ほどよりゆっくりしたものになった。

何度も互いの瞳の中を覗き合い、その度に微笑み、互いの体に触れた。

首筋、肩、鎖骨、胸。平らな腹を擦り合わせ、互いの臀部や太腿も優しく撫でまわす。たまにくすぐったくてクスクス笑い合った。ひとしきり笑い合った後、確認の合図のようにキスを交わす。一通り触れ合った後、まだ力を取り戻していない田崎の男根に青子は手で優しく愛撫を施し始める。

「青子?」

「したいの。ダメ?」

上目遣いのねだる口調に、田崎は苦笑を浮かべて受け入れる。

「初めてだから、上手くできなかったらごめんね?」

青子は恥ずかしそうにそう言うと、ベッドヘッドに背を預けて座る彼の股間に屈みこんだ。

「初めて、なんだ?」

「前の……彼は、こういうの嫌いだったから」

両手の平で包み込むように持ち、優しく上下に擦りながら、青子は敢えて克之の名を避けた。

「触れるのも、くすぐったがって全然ダメだった。『女なんだからそんなことしなくていい』って――」

「そうか……」

克之がセックスの際、青子に求めていたのは、ただ仰向けになっていることだけだ。

「だから私もそんなもんかな、って思って……。セックスがこんなに自由で楽しいって知ったのは馨と会ってからかも」

青子はそう言うと、落ちてきたサイドの髪を掻き上げながら、半ば立ち上がり始めた田崎の亀頭に口付ける。

「……っ」

田崎の微かな反応が嬉しかった。

「気持ち、イイ……？」

不安な面持ちで田崎を見上げると、彼は歯を食いしばって何かに耐える顔をしていた。

青子の手の中にある竿が勃ち上がり、ぐんと硬度を増している。それが彼の答えだと気付き、青子は裏筋にも舌と唇を這わせ、上向いた亀頭を口の中に含んできゅっと吸った。

「ん……っ」

田崎の声がセクシーに掠れて、青子の耳を擽る。舌先で口中の先端を一通り舐めた後、もっと入るか試みた。同時に根元の睾丸もやわやわと愛撫する。

「はぁ…はぁ…」

田崎の息が荒くなっていた。しかし彼の手は勤勉に、前かがみになっている青子の胸を触り始める。

「や、ダメ……っ」

「こんなにエロいことをされて、見てるだけでいろって？」

「や、でも……、ん、」

田崎の手が前方に伸び、膝立ちになっている状態の尻を丸く撫でた。

「はぁん……っ」

「もう少し頑張って、そう……上手だ。いやらしい青子は、すごくそそる」

田崎の嬉しそうな声に、意識せずとも口の中には唾液が大量に溢れ、先走る彼の精液と混ざり合う。脳が過熱して何も考えられなくなり、ひたすら夢中で田崎のモノをしゃぶった。

通常ならグロテスクとしか思えないそれが、彼の一部だと思うだけでいとおしく美しいとさえ思う。硬度を増し猛る楔《くさび》に、彼女の体も蕩けて甘い蜜を滴らせ始めた。

既にそれは青子の口に収まりきらないほど怒張している。

「このままじゃやばいから――おいで」

静かに命令されて、青子は彼の股間から顔を上げた。そんな青子の脇の下に手を入れ、体を引き上げる。

「これを被せて、ゆっくり腰を下ろすんだ。できるね？」

青子はこくんと頷くと、すっかり勃ち上がった男根に渡された薄いゴムを被せ、その上にゆっくり腰を落とした。田崎の手が青子のウエストを支える。ずぶずぶと田崎が青子の中に沈んでいった。一番根元まで沈み込んだのを感じ、二人で同時に深い息を吐く。

「青子の中は温かくてすごく気持ちいい」

低く艶のある声で言われ、青子の感度は更に上がった。思わず咥えている田崎のモノをきゅっと締め付ける。

「や、こんなの、すぐイっちゃいそ……」

「いいよ。いくらでもイけばいい。何度でもイかせてあげる」

「馨……」

名前を呼びながら、舌を差し出して濡れたキスを交わした。

青子の腰が揺れ始める。

「青子、可愛い、青子……」

「ん、ん……っ」

「この辺りかな？　青子がいいのは……」

田崎の肉棒が青子の膣内を探るように動き回る。

「あ、ダメ、そこ──っ」

「本当に青子の体は素直で感じやすいな」

「だって、馨がぁ……ばれ、るから──ぁ」

舌っ足らずな声を漏らしながら、腰を上下に振ると、田崎が下からずんと強く突いてきた。

「ひゃんっ！」

「ほら、もっと欲しいだろ？」

「あ、欲しいの、欲し──、あぁ、はぁ……やぁっ！」

田崎は青子をそのまま後ろに押し倒し、上下を入れ替える。そうして自分の肩に青子の膝の裏を載せると、深く突き始めた。

「かおる、かおるぅ…、…あぁ……イクっ、イっちゃううぅ……っ」

「青子、好きだ、青子――」

「あ、わた、私も……好き……っ」

じゅぷ、じゅぷ、と抜き差しされ、青子の蜜口の愛液が泡立っている音がした。音の間隔がどんどん短くなる。ズンっとひと際強く突かれ、青子の頭の中は真っ白になった。同時に田崎も射精する。望み通り、体の一番深い部分で溶け合って、たとえようもない幸福感が、二人を包み込んでいた。


疲れ果て、裸のまま抱き合って眠った後、差し込む朝日を感じて目が覚める。青子の体には田崎の腕が絡みついたままだった。ぐっすりと、何の夢も見ずに眠った気がする。

熟睡している田崎の顔を見ていると、愛しさが込み上げて青子は泣きたくなった。

「青子……?」

視線を感じたのか、田崎の瞼がぎゅっと閉じてはしぱしぱと瞬いた。

「まだ、寝てて大丈夫だと思うけど……今日も仕事?」

田崎は眉間に皺を寄せて考える顔になったが、ふと眉を解いて微笑んだ。

「いや。今日は大丈夫」

「そう、よかった」

青子は田崎の瞼に唇を落とす。長い睫毛がくすぐったそうに揺れた。

「それは……誘ってる？」

「ううん。したいからしてるだけ」

「それを誘ってると言うんだが」

「そうなの？　知らなかった」

くすくすと笑いが止まらない青子を、田崎は自分の胸の中に閉じ込める。

「ずっと、こうしてたいな。青子とベッドの中で自堕落に抱き合ってたい」

「気が狂いそうなほど淫らなことをして？」

「そう。疲れたら抱き合って眠る」

「お腹が空いたら？」

「ピザでも取ればいい。ベッドの上で食えるだろ？」

「冗談でしょ？　この上質なリネンにシミを付ける気？　阻止するためにチーズのついた指を舐めてあげなきゃ」

軽薄なアメリカドラマのようなセリフに、青子は再び笑い出す。ベッドでピザを食べる田崎の姿なんて、想像もつかなかった。

楽しい。ずっとこのままベッドの中で田崎と戯れていたい。心の底からそう思う。

その想いに、ひとかけらの嘘もないのに。

「馨」

「ん？　ピザじゃない方がいい？」

「そうじゃなくて」

青子は田崎の胸に頬を一度擦りつけると、踏ん切りをつけるように身を起こした。

「昨日の。あなたの申し出についてだけど」

「……結婚のこと？」

「そう」

なるべく優しい声で言おうと思った。優しく言ったところで、傷付けることにはなるかもしれないけれど。青子の声に真剣さを感じ取って、田崎の瞳に真摯な色が加わる。

彼を見つめながら、軽く息を吸って吐き出した。呼吸を整えて、唇に言葉を乗せる。震えないように。確固とした声で。青子は田崎に想いを告げた。

「――私、あなたとは結婚できません」


アパートの玄関先に仕事用の帆布の鞄を置き、いつもの白いスニーカーを履いてしっかり靴紐を結ぶ。今朝はしっかり朝食も食べた。

炊き立てのご飯と焼き鮭に納豆、野菜の浅漬け、みそ汁の具は玉葱とジャガイモだった。

コンディションはすこぶるいい。夜はしっかり眠り、目覚めも良かった。

田崎もそうだといいのだが。

前日の朝を思い浮かべ、青子の口元には淋し気な微笑が浮かんだ。

結婚できない、そう告げた時の、田崎の顔は形容しがたいものだった。

しいて言えば、予想外の青子の答えに呆然と固まっていた、というところだろうか。

互いに好きだと告白し合い、あれだけ睦み合い、深く交じわり合った後だったのだから、彼のショックは想像に難くない。

数分とも思える沈黙の後「その理由を聞いていい？」と感情を抑えた声で田崎が言った。理性的であろうとする田崎らしさが嬉しかった。

どう説明しようか目をぐるりと回した後、青子は「とりあえず服を着ませんか？」と提案する。ベッドの中、裸のままでする話でもないと思ったからだ。

田崎は承諾し、互いに軽くシャワーを浴びてからリビングに移動する。

田崎は自分の気持ちを落ち着けたいこともあったのか、ゆっくりと熱い紅茶を入れてくれた。

朝方はすっかり涼しくなり、温かいものが美味しい季節になっていた。

二人分の紅茶がソファテーブルに置かれ、リビングにアールグレイの芳醇な香りが満ちる。

青子はラグが敷かれたローテーブルをはさんで、ソファと反対側の床に直接ぺたんと座ると、マグカップに口をつける。

「美味しい」

田崎は青子の正面のソファに腰かけて、マグカップを片手に言った。

「それで？」

まっすぐ青子を見つめる。

「結婚できないのはどうして？」

どう言えば伝わるだろう。どう伝えれば理解して貰えるだろう。

「田崎さん——馨の、克之さんから私を守りたいという気持ちはとても嬉しいです。それに、好きだって言って貰えてすごく嬉しかった」

田崎の視線はじっと青子の目元を見つめたままだ。続きを、と促されているようで、青子は言葉を選びながら語り始めた。

「この関係を始めた時、言いましたよね。結婚や恋愛に興味はないって。でも、いつの間にかあなたのことを好きになってた。認めるのがずっと怖かったけど、会えれば嬉しいし抱かれるとすごく幸せになれる」

「なら——」

「でもね、結婚て生活なんですよ」

青子の口元に苦笑が浮かぶ。

これればかりは、どうしたって未婚の田崎より経験者の青子の方が実感が伴うだろう。

片眉を上げて顔を顰める田崎に、青子はできるだけ淡々とした口調で言った。

「具体的な話をします。もしあなたと結婚したとしたら、私はいつものこの部屋の状態に耐えられないと思う。だからつい片付けたり掃除しちゃう、それは想像できますよね？」

「え？　ええ、まあ……」

恐らくは想像もしなかった方向の話に、田崎は目を丸くした。

「そうしたら段々それが当たり前になってくると思うんです。馨は忙しいもの。そんなことに時間を割いていられないでしょう？」

「……」

田崎の中で困惑が生じるのが見て取れる。

「今はいい。お金を貰ってるから仕事としてあなたを補助できる。でも結婚して共同生活者となったら、それは崩れていくと思う」

田崎は何度か何かを言おうとして口を開くが、結局そのまま閉じてしまった。

「あなたの為に家事をするのが負担だと言ってるわけじゃないの。たぶん、私にはその余裕と能力があると思う。でも……一度それで失敗してるから、――怖い」

依存することとやされることをすべて否定しているわけじゃない。全く同比率の、対等な関係なんて、それこそ机上の空論だろう。

けれど田崎と生活を共にするのは、二人の関係をいびつにさせかねない危うさがあった。

青子は平静であろうと口の端で笑ってから、静かにマグカップをテーブルに置く。

「馨だってそうでしょう？　自分なりのこだわりややり方が成立しているから、女性と深く付き合ったり結婚を考えるのが面倒だったんじゃない？　彼女を作って家のことをしてもらうより、お金を払って家事代行を頼む方が気が楽だったでしょう?」

　恋愛関係にある相手に家のことを頼めば、当然感謝が必要になる。しかし無料でやってもらっていたら、たとえ文句があっても言い難くなる。

　田崎は視線を下げ、深く考え込む顔になった。

「今まで通り、家事はしてあげたいと思う。馨だけじゃなく——、生活を家事という形で補助することでお客様に喜んでもらえることが、私にとっての一番のやり甲斐になるから。でもそれは、あくまで仕事としてであって、ボランティアでやりたいわけじゃない」

　青子は俯いている田崎をまっすぐ見つめた。

「馨のことは好き。でもそれは恋人としてまでなの。私は、最低限身の回りのことをできる人じゃないと、怖くて一緒に暮らせない」

　恋人としても危うい部分は実はある。けれど恋愛感情までも否定する気にはなれなかった。その上で、必死の覚悟で青子は最後の言葉を絞り出した。

「だから、もし結婚できないならこの関係も維持したくないと馨が思うなら、——それはそれで仕方ないと思う」

　結婚を、と言ってくれたのは素直に嬉しい。

　今まで結婚への熱意が全くなかった田崎にとっては、かなり大きな決断だったと思う。

　だからこそ、その気持ちを踏みにじった上で恋人として付き合えとは、青子には言えなかった。

田崎は眉間に皺を寄せてしばらく考えていたが、やがて肩の力を抜いて青子に顔を向けた。

「理解はできた。でもまだ納得はできない。だから少し時間が欲しい」

田崎は真摯なまなざしでそう言うと、口調をがらりと変えて「朝食はベーグルでいい?」と訊いた。

「食べてっていいの?」と青子が問うと、「当たり前だろう」と少し怒った顔になる。

その日は結局、ベーグルにクリームチーズとはちみつを挟んだものに瑞々しいグレープフルーツのサラダを添えた。朝食を終えるとそのままマンションを辞去する。

結婚を辞退したことで田崎を傷付けたかもしれないことは、青子にとっても胸が痛む行為だったが、それでも言いたいことを正直に言えたことと、田崎がそれをきちんと受け止めてくれたことが青子の心を軽くしていた。

田崎と、今後どうなるかは分からない。

もしかしたら、やはり体だけの関係も拒否されるかもしれない。

それでも、彼を好きになれたことは素直に嬉しかった。

もう自分は誰も好きにならないのだ、と心のどこかで青子はずっとそう思っていたのだ。

週末の田崎との逢瀬と会話の一部始終は、帰宅後、何度も青子の脳内でリピートし続けた。

もっと違う言い方があったのではないか。自分は間違っているのではないか。

しかし心のどこを探しても、他の答えは見つからない。だから悔やんではいない。彼のプロポーズを断ったことも。

「でも――」

靴紐を結び終え、立ち上がって荷物を肩にかけると、青子は誰にともなく呟いた。

「ちょおっと勿体なかったかなー」

あの甘い空気なら、起き抜けにもう一回くらいできたかもしれない。せめて言い出すのは昼過ぎにすればよかったか。そんなはしたないことを考えてしまう自分に赤面してしまう。

いやそもそも断ることが分かっていたのなら、なし崩しにセックスしてしまったのもまずかっただろう。だけどだって、あの時はもう体が言うことを聞かなかったし！

「体の相性が良すぎるのも考え物だわ……」

深い溜め息がこぼれる。

残念ながらすぐに白黒つけないと落ち着かなくなるのは、青子の悲しい性だった。

それにあれ以上気持ちよさに溺れたら、何も言えなくなるのも怖かった。

未練に捕まって、ぬるま湯に浸かり続けたくなったかもしれない。それほど極上の、永遠に浸かっていたくなるぬるま湯だった。

「さ、仕事仕事」

わざと快活な声を出し、気合いを入れ直してアパートを出る。

爽やかに晴れた朝で、住宅街の歩道には近くの小学校に通う子供たちが、元気にしゃべりながら歩いていた。

二つ目の角で、彼らの向かう方向からそれて駅に向かう。

今日も午前と午後が一件ずつ。定期コースの不在の客だった。

青子は真っすぐ背を伸ばし、しっかりとした足取りで仕事へと向かった。

11．あなたに伝えたいこと

「それで？　新店のオープンの不具合と什器の補充は何とかなったのか？」

出先から帰社した田崎を捕まえ、同僚の上条が尋ねた。

「ええ。まだ保証期間内でしたから部品交換は無償で済みましたし、什器も無事補充できました」

新店のオープニング状況はエリマネの共有案件だ。どれだけ入念に事前準備を行っても、実際オープンしてみれば何らかのトラブルが必ず発生する。商売は生ものなのだ。必要があればフォロー体制をとらねばならない。

もっとも田崎は優秀な男だから、つまらないミスの心配はなかったが。

「……業者を脅してないだろうな」

「まさか。誠心誠意にっこり笑って希望の旨を伝えただけです」

田崎のその笑顔が一番怖いことを知っている上条は、一旦口を噤む。まあ、上手くいっているなら問題はない。それ以上は聞くまい。

「スタッフもそろそろ落ち着いた？」

「そうですね。ある程度淘汰されて、店長の鷺尾《さぎお》さんを中心にまとまってきたと思います。元々鷺尾さんは人の扱いが上手い方ですし、いい感じではないかと」

中途採用で田崎より年上の鷺尾は、抜きんでて優秀な部分はないものの、場をうまく回すことが上手だった。チームワーク重視の店舗経営では、得難い人物だろう。

「……で、例の六原店も落ち着いたんだろ？　その割には元気がないな、お前」

元上司である上条に指摘され、田崎は一瞬、苦虫を嚙みつぶしたような顔になる。

「まあ、元々不機嫌な顔がお前のデフォルトだけど、ここんとこ多少軟化して見えてたのにな。どうした？　何かあったのか？」

畳みかけるような上条の言葉に、田崎は一瞬迷う顔になったが、結局「別に何も」といつものポーカーフェイスで答える。

「言いたくないならいいけどな。俺も野郎の悩み事なんか聞きたくないし」

田崎の答えに、上条はあっさり引っ込む。

「じゃあ、変なこと言い出さないでくださいよ」

「そう言うな。木嶋に頼まれたんだ。これで義理は果たしたからな？」

トラブル続きの六原店の若い店長の顔を思い浮かべ、田崎は更にしかめっ面になる。

「木嶋？　あいつがなんて？」

「だから、田崎が女に振られて落ち込んでるみたいだから慰めて欲しい、的な？」

「はあ？」

思わず変な声が出た。何を余計な心配しているんだあの半人前が！

「かっこ、意訳」

上条の澄ました声に、田崎はがっくりと脱力した。

確かにあのやたら低姿勢な木嶋が、田崎の神経を逆撫でするようなことを言うとは思えない。つまり木嶋が漏らした呟き的な言葉を、上条なりに咀嚼した結果が今の言葉、ということだ。

「正直に答えて下さい。木嶋は何て？」

「いやー、本部会議に来た時に、なんかえらく沈んだ顔してるから問い質したら、店に食いに来た美人の一件を、な。木嶋が気ぃ利かせたのに例の留学生のバイトが台無しにしたって？」

「上条さん！」

その話だけで田崎が振られたと断じる辺り、上条も相当人が悪い。そして勘が良すぎる。いや、だからこそ仕事ができるともいえるのだが。

「前にちらっと話してた女だろ？　何？　本気になった？」

「プロポーズしたら断られました」

想定外の即答に、上条は目を丸くする。半分冗談の発言だったのに、図星と言う地雷を踏んだらしい。

「……あーーー、職場《ここ》で話すのもナンだ。今晩行くか？」

上条は右手の人差し指と親指で円を形作ると、くいっと口元で傾けた。

「つまみになるような話じゃないですよ？」

田崎は渋面を崩さない。

「それは聞いてから考えるさ」

人の悪そうな上条の笑みに、田崎は肩を竦めて同意を示した。

実際、青子との関係に関しては行き詰まっている。幸い上条は口に出していいことと悪いことは心得ているから、飲みに行くのは悪くない。

他人に話してどうなることでもないだろうが、気晴らしくらいにはなるだろう。

「そういう上条さんだって、確か奥さんは元スタッフですよね？」

「うるせーよ」

こざっぱりした居酒屋の白木のカウンターで、お通しをつまみに日本酒を傾けて、上条は仏頂面になる。チェーン店ではなく、馴染みの常連が暖簾をくぐる個人経営の小さな店だった。

過去、スタッフとは深入りするなと忠告しておきながら、上条の妻が上条が店長だった時代にバイトに入っていた女性であるのは知る人ぞ知る事実だった。大学生の時にバイトで上条が店長を務める店に入り、社会人になって店をやめてから付き合いだしたという話だが、本当のところは分からない。単純に大っぴらになったのが、彼女が社会人になってからだろうと言うのが周囲の専らの噂である。

「まあ、なんだかんだスタッフと付き合う店長《やっ》は多いですよね。店長業務《ストマネ》は時間が不規則過ぎて彼女を作る暇なんてないですし」

結局一番長い時間一緒にいるのがバイトやパートと言ったスタッフなのだから、気が合えば親しくなるのは自然の摂理、更に恋愛に発展するのも自明の理と言えなくはない。

もっともそういう田崎自身は、スタッフと付き合った過去はなかった。

「てめーみたいな入れ食い男には無縁の話だろうがな」

「それほどでもないですが」

「あ、入れ食い否定しねー」

「どうせ否定したってツッコむでしょうに」

田崎の外見に釣られて女性が寄ってくるのは学生時代からだった。それでも仕事に就いて多忙に陥り、基本不機嫌顔になってからは、近寄り難い雰囲気が勝って近寄るものは減ったのだが。

結局大抵知り合うのは、たまたま一人で飲んでいた時などに出会った女性が多い。そういう女性は恋愛経験値も高いから、後腐れのない割り切った付き合いを楽しむことは多かった。

もっとも田崎のあまりの情の薄さに、あっさり終わりを告げる者も少なくない。初めは体だけの関係でＯＫと言いながら、大抵の女性は段々それ以上を要求し始める。しかし田崎のスタンスは徹底して変わらないからだ。とりわけ同年代の女性は難しい。特に未婚の場合、三十前後はかなりデリケートな年頃だと言える。

青子のようにあっさり潔いタイプの方が珍しいのだ、と今更ながら実感する。

「で、珍しく本気になった女がいたわけだ」

「まあ、そうですね」

「本気、否定しねー」

上条は再び人の悪い笑みを浮かべて升に入った冷やグラスを傾ける。

「隠すようなことでもないですし」

隠した方が余計弄られると分かっている田崎はしれっとした口調で答えた。

「前に言ってた女だろ？　お前がちゃんと飯を食うようになったって言う」

「よく覚えてますねえ」

かなり前の、会話のほんの端切れだった筈だ。田崎は素直に感心した。

「まだ記憶力は衰えてないんでな」

上条はにやりと笑って冷酒を追加注文する。

一升瓶を持ってきた店員が、上条の升に入ったグラスになみなみと冷酒を注いだ。

仕事に明け暮れすぎて寝食を忘れて働いていた頃、そろそろやばいと思って休みを取った途端、部屋の中で意識を失った。あの時のことは今でも自己管理の甘さとして自戒の念を禁じ得ない。

と同時に、初めて会った時の青子の様々な表情が鮮やかに蘇る一幕でもある。

心配そうな顔で田崎を覗き込む青子。大事にしたくなかった田崎の気持ちを汲んだのか、救急隊員から事後を引き受けてくれた青子。きびきびと仕事をする姿と、間違ってキスしてしまった後の、真っ赤になって震える少女のような表情。

どれも鮮やかに田崎の記憶に刻み込まれている。

「上条さんは……奥さんと結婚した決め手って何だったんですか？」

「あ？　俺か？　そうだなー……やっぱ忙しくて会う時間が取れなかったし、それならいっそって感じか？」

「一緒にいる時間が欲しかった？」

「わざわざ会う時間を作るのが面倒だったんだよ」

それは分かる。田崎自身も常々実感していたことだ。

「だからって……結婚という形じゃなくてもよかったわけでしょ？」

一緒にいるだけなら同棲でも充分な筈だ。結婚という制度に縛られる必要はないだろう。

「だから、結婚しちまった方が楽だったの。対外的にも制度的にもな。仕事ぶりを見てたから信頼できるのは分かってたし、こっちの仕事も分かってるから文句は言っても無理は言わねえし」

「信頼、ですか？」

「口は悪かったけど責任感は強かったし、仕事は真面目で気も利いた。接客態度も誠実だったし、何より根性があった。……本性は口が悪いんだけどな」

二回も言うほど口が悪かったんだろうか。

「なるほど。口が悪いけど、それを補って余りある信頼関係だったんですね」

「るせー。ちゃんと言葉は通じてっからいいんだよ。言っとくけど、話が通じる相手ってのは貴重だぞ？」

「……………」

ほろ苦く笑う上条の顔を見ていると、何となく納得できる気がしてくる。青子と一緒にいて楽だったのは、ちゃんと意思が疎通できているという安心感が少なからずあったからだ。

「話が通じるってのは……何となくわかる気がします」

「なんだよ。本当に本気なんじゃねえか」

「振られましたけどね」

「……やるなあ、彼女」

本気で感心した様子の上条に、田崎は我知らず溜め息が漏れる。

「あれか？　本当はお前、城も持ってるって言ってもダメそうか？」

不意にそんな話をされ、田崎はマンションのリビングに飾ってある小さな風景写真を思い出した。子供の頃、旅行中に父親が貸してくれたカメラで試しに撮った一枚で、空間の広がりと空の色が何となく気に入って飾ってある。

「その話はやめて下さい！　別に俺のじゃないですし」

普段はすっかり抜け落ちている記憶を掘り起こされ、田崎はおおいに慌てた。そもそも城なんてたいそうなものではない。たまたま親が代々受け継いでいるだけの、古い建物だった筈だ。

「まあ、なあ。でも親の持ち物でも、城を所有してるって言ったら大抵の女子は喜ぶんじゃないか？」

田崎は想像してみる。確かに今まで付き合ってきた女性たちなら喜びそうなことなんだろうか。

でも青子なら――。

（うわ、掃除とか大変そう！）

そう言いそうな顔を想像して、おかしくなった。

「……微妙ですねえ」

世にも珍しい田崎の柔らかい笑顔に、上条は心底驚いた顔を見せた。

「惚れてるんだなあ」

「だからそう言いました」

上条はわざとらしく目をぐるりと回して見せる。

「――俺は正直、結婚には興味なかったんですけど」

「ああ、お前はそんな感じだな」

見透かされている、と苦笑が漏れる。

「でも……権利が欲しい、かな」

「権利？　なんの？」

まっすぐ聞き返されて、田崎は薄く笑った。

「すみません。それは本人にしか言いたくないので」

「うわ、やーらしーなー、お前」

「何でですか！」

「すっげースケベな顔してたぞ」

「冗談やめて下さい。あ、俺も冷酒のおかわり」

カウンターの中の寡黙《かもく》な店主に追加を注文すると、田崎は自分の心の中が凪いでいるのを感じた。

気持ちは変わってない。しかし彼女の気持ちも変わらないだろう。

二人を遮るものはなんだ？　それは打破可能なものだろうか。

上条と軽口を応酬しながら田崎は考える。突破口はある筈だった。

少なくとも、突破するだけの努力はしてみるべきだろう。自分にはその力がある筈だ。

「いらっしゃい、久しぶり！」

満面の笑顔で青子を出迎えたのは、数ヵ月ぶりに会う久住澄江だった。他県で暮らす娘の怪我を理由に、しばらく家事代行はキャンセル続きだったが、ようやく自宅へ戻れたらしい。

「待ってたのよ。たまに空気の入れ替えには帰ってたんだけど、しばらく住んでないとやっぱり微妙に埃が溜まってねえ。悪いけど今日はがっつりお願いするわ」

「はい」

明るい澄江の笑顔に、青子も嬉しくなって張り切った声を返す。

確かに家人不在の家は荒れやすい。

元々物が少なく片付いている澄江の家だが、いつもより入念に水回りを磨いて排水口を漂白し、鴨井、床、敷居などの拭き掃除を徹底的にやった。案の定、澄江の手が届きにくい天井近くの埃や、風呂の排水溝など、微妙に汚れが溜まっている。

その間、澄江は乾物等常温保存食の賞味期限をチェックしている。

息を切らす勢いで何とか掃除を終えると、澄江は香りのいい緑茶と栗羊羹を用意して青子を労ってくれた。

「ありがとう。本当にすっきりして助かったわ」

「いいえ。今日だけではできない場所もあったので、そちらは次回にやらせて頂きます」

「ええ、お願いね。ところで、少し時間があるかしら」

「え？　ええ。少しでしたら」

怪訝な顔をする青子に、澄江は少し苦味を含んだ笑顔を浮かべた。

「実は、江利宮さんに……ずっと謝りたいことがあって」

「へ？　なんですか？」

全く心当たりがなかった。大事な思い出の品を割ってしまうという失態を犯して、こちらこそ謝っても謝り切れない件はあるが、澄江に謝ってもらうようなことは何もない。

「以前……娘のところへ行く直前に、落として割ってしまったお茶碗があったでしょう」

「ええ。亡くなった旦那様と、新婚旅行先でお求めになった――」

青地に筆で描いた狸柄。割と上品な物が多い澄江の家にあるものとしては、珍しく滑稽な絵柄だと微笑ましく見ていた物だ。青子の答えに、澄江はふと目線を下げる。

二人が向かい合って座る和室には、青子が綺麗に拭き清めた畳があった。

「実は――今まで誰にも言ったことがなかったんだけど、私……」

そこで澄江は思い切るように顔を上げた。

「あのお茶碗、ずーっと好きになれなかったの」

「……は？」

何を言われたのか分からず、上手く返事をしそびれる。

「え？　でも旦那様との思い出の品なんですよね？」

「ええ、まあそうなんだけど。ほんの冗談のつもりだったのよ？　新婚旅行で浮かれてて……店先にたくさんある茶碗の中から、つい目に留まった絶対誰も選ばなさそうなのを手にして『これはどう？』って言っちゃって……『冗談だろ？』って笑うかと思ったのに、あの人ったら『そうだな、これがいい』って言うじゃない？　嘘でしょうって思ったのに、『うん、これにしよう』って無邪気に喜ぶあの人の笑顔を見てたら、つい冗談だったんだ、本当は自分の趣味じゃないって言えなくなっちゃってねえ」

「はあ……」

「それでもお茶碗なんて結構割れたりするものでしょ？　だから次はもっと違うものを、と思ってたのに、これがなかなか割れなくて……四十年以上もよ？　そうこうする内に主人が亡くなって…そうするともうあれは形見になっちゃうじゃない？　よけい捨てられなくなってねえ」

「……」

ここはどう相槌を打つべきか、青子はただ黙っているしかできない。

「だからねえ、あなたがあのお茶碗を割ってくれた時、正直ホッとしたって言うか……」

澄江はその時の思いをなぞるように、畳の目を指で撫でた。

「でもそう思ってしまった自分に、すごく罪悪感を覚えてしまって――」

（――ああ、そうか）

ようやく澄江が言わんとしていることに辿り着いて、青子は納得した。

澄江は青子に罪悪感を肩代わりさせたことを悔いているのだ。

「四十年以上も連れ添われたんですねえ」

不意に口を突いて出たのはそんな言葉だった。

しみじみとした青子の言葉に、澄江はふと遠くを見る目になる。

「ええ、そうねえ。あの人まだ古希を迎える前に癌になって……社会人としても親としても一通りのことは終えたし、孫の顔も見られたんだから決して早すぎるということもなかったんでしょうけど、……思っていたよりは早く逝ってしまったわ」

青子は身近な夫婦を思い浮かべる。両親は結婚してまだ四十年は経たない筈だ。父方の祖母は後添いだからやはり三十年は超えない。母方の祖父母が連れ添った時間は一番長いだろうか。

「私なんか三年で挫折したので、少し耳が痛いです」

「あら、まあ、そうなの？」

澄江が驚いた顔になるのを見て、青子も苦笑いになる。

「だから目から鱗って言うか……久住さんみたいな方でも旦那さんに言えないことがあったんだなって……変な言い方ですけど、ちょっと安心しました」

青子が知る澄江は既に寡婦だったが、いつも穏やかで家の中を綺麗にしつらえ、丁寧に暮らしている、どこか青子の理想を模した女性だった。たまに亡くなった夫の話をする時も慈しみを感じる物言いで、仲のいい夫婦だったのだろうと漠然と思っていた。しかしそんな彼女でも、夫婦としての日々の中でささやかな齟齬はあったのだと思うと、不思議に救われる気がしたのだ。

もっとも、他人の目には理想的に映る人物でも、夫婦という他人が構成する家庭内では、当たり前に色々あるものなのだろう。

澄江はそんな言葉を漏らす青子を興味深げに見つめると、新しくお茶を入れ直してくれた。

「そりゃあ元々他人だもの。言えないことも嫌だった部分も、色々あったわよ。子供を育て始めたらそれどころじゃなかったっていうのもあるけどね。子供たちが自分の家庭を持って落ち着いたら、いつかその内全部言ってやる、って思ってたのに——結局言いそびれちゃったわ」

そう言って、澄江は眼尻を下げて微笑む。

大切な人を亡くした哀しみが、薄いベールのように彼女を包み込んで綺麗に見せていた。

「久住さんのような方と連れ添われて……旦那様は幸せな方だったと思います」

「どうかしらね。向こうは向こうで言わずに我慢してたこともあったかもしれないけど」

あながち冗談でもなく澄江は呟く。

「そんなものですか」

「そりゃあそうじゃない？」

「でも一緒にいらして楽しかった？」

「どうかしら。後悔はしていないけど」

澄江の歯に衣着せぬ物言いに、青子はおかしくなってつい吹き出す。

澄江からすれば、青子は親しみが持てるけれど近過ぎず、ちょうどいい他人なのだろう。

「こんなおばあちゃんで恐縮だけど、これからもぜひ我が家にいらしてくれる？」

「はい。誠意をもって働かせて頂きます」

「素敵。うちに来てくれるのが江利宮さんで本当によかったわ」

「私も。久住さんにお会いできる縁を頂いて嬉しいです」

ほのぼのとした空気の中で暇《いとま》を告げた。いくら気が合ったとしても、顧客の家に長居をするわけにはいかない。妙にせいせいした気持ちで青子は次の仕事へ向かう。

歩きながら、澄江の話を田崎にしてみたいと、少しだけ思っていた。


あれ？　と思ったのは玄関からリビングに入った時だった。

金曜日。

顧客の中でも汚部屋度の高い方だった田崎の部屋が、心なしか片付いているように見える。脱ぎっぱなしの衣類は少ないいし、いつも部屋のあちこちに置かれていた通販のものらしき段ボールが、部屋の隅に全部まとめて潰してあった。テーブルの上には相変わらず紙類が散乱しているが、少しは仕事が落ち着いて時間に余裕ができたのだろうか。

プロポーズを断ってから、田崎から特に連絡はない。けれど青子の中に以前のような焦燥感はなかった。言いたいことを、ちゃんと面と向かって言えたからかもしれない。青子が田崎に告げたことは、傲慢とも取れることだったかもしれない。家事ができない人とは結婚できないなんて、何様だと思わなくもない。できる方がやる、というスタンスの夫婦だってたくさんいるだろう。

けれど、それは掛け値なしの青子の本音だった。

結婚が生活を共にする場である以上、その内容は共有できるものでありたい。自分の家がどんな場所か、せめて理解していて欲しい。もちろん個人のテリトリーは確保した上での話だが。

せっかくなので、青子はまとめてあった段ボールを紐で括り、最後の報告書にその旨を示した。後からまた段ボールが増えるかもしれないが、一旦まとめておけば処分しやすいだろうと思ったその件についてお礼のメモ書きを見つけたのは、翌週の定期清掃の時だった。

更に変化の一旦として、リビングに細い縦長の棚が一つ増えている。

ソファの肘置きと壁の隙間にあった観葉植物が窓際に移動し、代わりにシンプルな木製のラックが置かれていた。数段に区切られた棚板にはファイルケースがいくつか差し込まれているが、中身はまだ殆ど空のようだ。

青子の記憶によれば、ラックは確か寝室にあったものだ。腕時計や鞄などがざっくり押し込まれていたような。リビングで仕事がしやすいように、収納を模索中ということだろうか。

寝室でそのラックに入っていた筈の小物類は、どうやら一部が処分され、残りはクローゼットに入れられたらしい。洗濯物をしまう際にちらりと見えた。

いきなり収納家具を買うのではなく、家にあるもので試し使いするのはいい傾向だった。決して余裕があるとは言えないだろうプライベートの時間を使って、少しずつ生活を変化させようとしている田崎の努力に、青子はくすぐったい気持ちになる。

(私のため?)

——いや、もちろん結果的には自分自身のためなのだろうけど。

少しだけ掃除しやすくなった部屋を、いつものように整頓して丁寧に掃除する。

今回は作業報告書ではなく、田崎のお礼が書かれていたメモの隣に、自分なりのアドバイスをメモ書きで添えてみた。

『ソファ横のラックですが、底面が正方形なので、上の段はソファに向けるようにおいたらどうでしょうか』

ラックは二段重ねで、ちょうどソファの背もたれの途中で上段になっている。

その両方が当然部屋の中央側に向いているわけだが、底面が正方形なら置き換えが可能に見える。下段は当然ソファと同じ向きで置かねば物が出し入れできないが、ソファに座って作業をするなら、上段はソファに向いている方が書類は取り出しやすいだろう。

余計なお世話かもしれない。けれど少しでも彼の手助けになることがしたかった。

翌週、その件について、またメモ書きがあった。

『使いやすくなりました。ありがとう』

青子はホッとして頰を緩めた。青子の助言は受け入れて貰えたらしい。

上段だけ向きを変えたオープンラックの、差し込まれたファイルボックスの中には、ぼちぼち書類らしき紙やクリアファイルが入っていた。一番下の段には厚めのバインダーも差し込まれている。

それぞれの色が黒とグレーで統一されているのが、こだわり派の田崎らしい。

結局、他人がどれだけ綺麗に部屋を片付けようと、その部屋に住んでいる本人が考えて物の置き場を決めなければ住みやすい部屋にはならない。

住人の身長等から手が届きやすい場所を算出することは可能だが、物の使用頻度や使う場所は本人にしか分からないからだ。たとえば家のどこでくつろぎを得るのか、あるいは翌日の準備をするのか。爪を切る場所は？　携帯端末や財布を置く位置は？

そんな些細な自分の行動を、分析し、一番適した場所を見つけることで、無意識に蓄積されていた小さなストレスが軽減し、日々の生活に余裕が生まれる。

最近田崎が始めたのはそういうことだろうし、青子が仕事として客を手助けしたいと思うのもその分野だった。

もっとも現時点では田崎に助言を求められているわけではないから無用のお節介は避けるべきだし、彼自身、頭がいい人だから、程なく自分なりのやり方を見つけるだろう。

もうかなり、田崎とは直接会っていない。

しかし何となく精神的に近しい位置にいる気がして、青子は嬉しくなった。

やがて田崎から「会いたい」とメッセージが届いたのは、訪れる彼の部屋がかなり綺麗に整いつつあった頃だった。


指定された土曜日の午後、青子は田崎のマンションを訪れる。

「久しぶり」

そう言って青子を出迎える田崎の顔は、一時期のやつれた様子もなく、ゆったりと落ち着いていた。そろそろ寒さも厳しくなり、青子はVネックのカシミヤニットとマキシ丈の巻きスカートを着ている。羽織ってきたコートは玄関で脱いだ。

田崎の部屋は暖房が効いていて暖かかった。

「そう言えば、作業中、必要だったら空調を付けて。風邪でもひいたら大変だし」

ふと思いついたらしく、田崎はそんなことを言った。

「ありがとう。でも結構動き回るので冬場は割と平気なの」

実際、家事代行で辛いのはどちらかと言えば夏だ。冬は実際に動けば体も温まるので、必要に応じて着こめば済む。しかし夏場は薄着と言っても限界があった。顧客の不在時に空調を付けるのも躊躇われるので、極力窓を全開にして作業するようにしているが、トイレや浴室など狭い場所での作業はさすがに汗だくになる。特に集合住宅は気密性が高い。だからこそ、中にはこうして気遣ってくれる客がいるのは嬉しい。

「ああ、そうか。でも無理はしないで」

「はい」

素直に頷くと、田崎は安心したように微笑んだ。優しい人なのだと改めて思う。

「コーヒーか紅茶、どっちにする？」

「じゃあ紅茶を」

青子の希望に添って、田崎は香りのいい紅茶を淹れてくれた。アッサムのミルクティ。少しブランデーを垂らしたらしく、体が温まる。

「美味しい」

「よかった」

青子の向かいの床に座ると、田崎も自分が淹れた紅茶に口を付けた。青磁のマグカップを持つ筋張った手がやはり綺麗だな、と青子は思う。大きくて手首のくるぶしが目立つ手だった。

「青子に……ずっと会いたかったんだけど、今までのままではうまくいかない気がして、色々考えていた」

「うん」

おもむろに話し出す田崎の声は、静かだがとても真剣で、吸い込まれそうになる焦げ茶色の瞳を青子はじっと見つめる。

「青子は、自分の身の回りのことができない人間とは一緒に暮らせないと言った。時間がない自分に結構きつい言葉だと思ったけど、逆に時間がなくてもできるやり方を探そうと思った。仕事の上で作業の最適化を考えるのは得意だったしね」

そうだろうな、と青子は思う。田崎の部屋の調え方は、一度始まってみれば効率化が早かった。

青子が知る上で、片付けを始める人間はもっと整理整頓に時間がかかる。単純に、慣れていないからだ。

「やっていく内に、ああ、そうかと思ったよ。仕事じゃないから、と意識を向けていないことで、かなり自宅の生活にロスを作っていた」

「プライベートだもの。無駄な部分はあったっておかしくない」

何もかもを効率化する必要はないのだ。自分が心から寛げることが自宅の意義なのだから。

「青子の言っていた意味が少し分かった気がしたよ。家のことは自分のためにやるもの。だから最低限の自分のやり方を確立していなきゃ、誰かにフォローして貰うことも難しい。一緒に暮らすとなれば尚更だ。互いのやり方をすり合わせるなら、話し合う素地があった方がいい」

「そこまで難しく考えていた訳じゃないけど……論旨はあっていると思う」

克之と夫婦として一緒に暮らしていた頃、彼に言われて一番困った言葉は「青子の好きにしていいよ」だった。一見大らかで自由を与えられているように聞こえるこの言葉は、結局すべてを丸投げされている怠惰の結果でしかなかった。自分が管理されているように感じるならば、自分はこうしたい、こうして欲しいと意志を明確に示せばよかったのだ。

しかし克之はその努力を放棄しておきながら不満だけを募らせた。

やはり田崎は有能な男なのだ。青子の言わんとしたことを自分なりにかみ砕き、ほぼ正確に理解していた。

「俺の同僚が……元々上司だった人なんだけど」

「へ？」

急に話が変わったことに、青子は驚いて紅茶のカップをテーブルに置いた。

「結婚した理由は相手が信頼できて、とにかく言葉が通じたからだって言ってたんだ」

「へえ……」

分からなくはない。というか、すごくよく分かる。

青子が克之とどうしても一緒にいられないと思ったのは、彼の言葉が信じられなくなったからだ。信頼を取り戻すために、心を通じさせる言葉を失った、とも言える。

同じ国、同じ時代に同じ言語を持って生まれたもの同士でも、言葉が通じないことはある。言葉を通じ合わせるには、互いの感覚をすり合わせるために相手の話を真摯に聞かねばならない。

それができる相手と言うのは結構限られてくるのが現実だった。

「俺はどちらかと言えば自分本位で、あまり人の話を聞かない方なんだけど」

「え？　やっぱそうなんだ？」

思わず口走ってしまい、青子は慌てて自分の口を塞ぐ。そんな青子を見て田崎の眉間に皺が寄った。

「青子もそんな風に思ってた？」

「あー……」

何となく目が泳ぐ。少し思ってました。ごめんなさい。

「なんていうか、良くも悪くもこだわりが強いから、そういう意識がない相手は苦手なんじゃないかなって……」

言いながらえへへーと笑って見せる。

「でも、ある程度仕事ができる人は仕方がないのかも、とも思ってた。たぶん視野が広かったり理解が深かったりして、人より多くのものが目についちゃうんじゃないかなって」

仕事ができる者のところへ結局仕事は流れてしまう。田崎が常に多忙なのは、人より多くの荷物を抱えられる能力がある故じゃないのか。

「青子が……そんな風に思ってくれるなら、少し救われる」

安堵と照れを織り交ぜたような顔になり、口元を抑えて田崎は視線を下げた。

「馨……」

そんな田崎が可愛く見えて、青子は手を伸ばして彼の手に重ねた。

「元々小さい頃から――集団では異端だったんだ。たぶん、この見た目とか、俺自身に関係ない親の事情とかで」

「そう、なの……？」

「俺は――母親がドイツに留学してる時に、付き合っていた向こうの恋人との間にできた子だった。でも色々事情が複雑で結婚には至らなかった。母親はドライな性格だったから、養育費だけしっかりもぎ取ると、日本に帰って翻訳の仕事をしながら俺を育てた」

なるほど、今ならシングルマザーも珍しくないとはいえ、一般的な日本家庭とは一線を画した事情がほの見える。そしてやっぱりハーフでしたか。

「俺も母親の血を引いているんだろうな。礼節や作法にはうるさい人だったからその辺は気を付けたけど、わざわざ周囲に溶け込む努力をする気はなかったから、自分がやりたいようにしかやらなかった。たまにやっかまれたり風当たりが強い時もあったけど……まあ、日本は勉強ができていれば大抵のことは容認されるしね」

（あー……）

青子は心の中で生ぬるい笑みを浮かべる。それは田崎の有能さを、容貌が後押ししていた可能性も高いだろう。

「正直、今でも自分のことを誰にでも理解してもらおうなんて思ってない。職場のスタッフに怖がられるのも、それで店が上手く回るなら構わないと思ってる。だけど……青子が俺のことをそう思ってくれるのは、ちょっと安心するって言うか……」

「うん」

「青子には俺のことを知っていて欲しいし、何があっても信頼してくれる味方でいて欲しい」

田崎が初めて見せる甘えに、青子の胸がぎゅっと詰まる。

少なからず、重みのある言葉だった。でも、逃げたいとは思わなかった。

「私も聴きたい。それに、馨に聞いてほしいことや分かってほしいことがたくさんある」

克之とのこと。澄江と話したこと。諸々の価値観や仕事に対してのスタンス。

青子の厳かともいえる声に、田崎は初めて破顔した。とても、嬉しそうに。

「こっちにきて」

手を差し伸べられ、磁石の対極のように引き寄せられる。

青子の体が田崎の腕の中にすっぽりと収まった。

「……ああ。やっぱりいいな、青子は」

髪の毛を撫でられ、うっとりした気分になった。

「青子が好きだ」

耳元で囁かれ、多幸感で眩暈がしそうになる。

「だからその上で――青子が真剣に戦っている時、そばにいて力づける立場が欲しい」

「……………！」

不意に目頭が熱くなり、喉が詰まって声が出なくなった。頬も熱い。

「何か辛いことがあった時には、慰める権利もだ」

いとおしさが込み上げて、嗚咽が漏れそうになるのを、唇を嚙んで必死に堪えた。

「改めて言わせてくれ。今すぐとは言わない。俺と、将来一緒にいることを見据えて、恋愛してくれないか？」

青子はガバリと身を起こすと、潤んだ瞳で田崎を睨みつける。

「バカ！　私だってとっくのとうに馨が好きだし、ずっと恋愛感情に溺れてたわよ！　自覚なかっただけで！」

言ってて自分が情けなくなったが、それが青子の本音だった。

「馨の部屋が綺麗になっていくのを見てて嬉しかった。どんな経緯であれ、少なからず私のことを考えて始めてくれたんだろうなって思ってたから。何か手助けになることがしたくて、書いたメモにお礼を貰ったのも凄く嬉しかった。私も、私も――」

必死に堪えていた涙が、とうとう溢れて一筋、頬を濡らす。

「馨の……生活の一部になりたい――」

怖くて言えなかった言葉だった。また失敗したらどうしよう。また失うことになったらどうしようと思うと竦んで動き出せなくて、必死で体だけの関係だと思い込もうとしていた。

けれど、とっくに感情は理性を振り切っていた。

青子の剣幕に田崎はしばらく呆然としていたが、ようやく自分の意識を取り戻すと、優しく微笑んで青子の頬の涙を指先で拭う。

「いつか……結婚できるかもしれない？」

田崎の声が、耳に甘く沁み込んでくる。

「まだ、わかんない、けど――」

即断できる勇気はない。大切だからこそ、慎重になってしまう。

「まだ、ね。悪くない答えだ」

「だ、だって…！　話しておきたいことがまだたくさんあって……！」

田崎の笑顔は綻んだままだ。

「わかった。ゆっくり話をしよう。大事なこともそうでないことも、たくさん話して通じ合う言葉を探そう」

「う、うう～～～……っ」

涙が溢れて止まらなくなる。

どんなにたくさん話をしても、すべてを理解し合うなんて無理かもしれない。互いに言えないことや言わないことだって多少はあるだろう。澄江のように。

けれど、少しでも信頼に辿り着くための努力を互いに惜しまずできるのであれば。

子供のように泣きじゃくるしかできなくなってしまった青子を、田崎は静かに抱き締める。

その抱擁は、絶対的な安全を思わせるシェルターにも似て、青子の心を優しく包み込んでいたのだった。

12. 王子様と大人な関係

改めて田崎と話をした日、二人で初めて一緒に夕食を作った。

牛すね肉のシチューと、チコリと林檎のサラダ。ドレッシングはブルーチーズソース。彩りにクレソンも添える。

バケットはスライスしてガーリックトーストにした。オーブンから漂う匂いが香ばしい。

「馨って手際いいよね。お店でも厨房に立ってるんだっけ？」

青子が梨麻と店に行った時、今日はキッチンだとレジに立った青年が話していた筈だ。

「店長時代に一通りの仕事はするからね。でも最初に料理を教わったのは父からだった」

「お父さん？　血のつながった？」

彼の両親は入籍しなかったことは聞いたが、母親の恋人は田崎を認知していた。

「ああ。父と母は喧嘩して別れたわけではなかったから、長期休暇には会いに行ったりしてたんだ。で、料理を教わった。母は料理ができない人だったから、生きていく上でとても助かった」

「へえ……」

まだ少年だった頃の田崎が、ヨーロッパのキッチンで父親に料理を教わっている風景は思い浮かべると、とても微笑ましい。

「ちなみに……」

「ん？」

珍しく言いあぐねるような田崎に、青子は彼の目を覗き込む。

「母とドイツ人の父が結婚しなかった理由は、彼が爵位を持っていたからなんだけど――」

「……はあ!?」

思わず素っ頓狂な声が出た。

「まあ爵位と言っても昔、戦争のどさくさに紛れて小さい城を拝領した程度のもので……生活的には一般庶民とそんなに変わらないし、父も普通に働いているんだけど」

「………」

思いがけない田崎の告白に、青子は思考が追い付かない。

(しろ？　……って、お城？　お城を貰っちゃうような戦争って何時代？)

世界史なんて覚えていないが、ヨーロッパなんて有史以来ずっとどこかしらかで戦争はしていた気がする。少なくとも近代の話ではなさそうである。

田崎はそんな青子から心持ち気まずそうに視線を逸らす。

「俺自身には全く関係ないんだけど……結婚前提の付き合いなら、一応、言っておいた方がいいかと思って――」

「お城、持ってるの？　お父さんが？」

「ああ。城って言っても田舎の、本当に小さい古城だけど」

小さな古城と訊いて、青子の脳が微かに閃《ひらめ》く。

「あの、もしかして壁に飾ってある――」

「……ああ、うん」

あまり飾り気のない田崎の部屋の中に、珍しく飾ってあった小さなパネル写真は、ひそかに青子も気に入っていた風景だった。石造りの、古色を帯びた尖塔のある建物と、手前に広がる花畑が牧歌的で綺麗だった。仕事の度に、丁寧に埃を払っていた代物だ。てっきりアート作品として買い求めたものかと思っていたが違ったらしい。

「ごめん。馨の言葉を疑うわけじゃないんだけど、でも本当に……？」

無理もない、と田崎は苦笑を浮かべた。

「たまたまお屋敷に住む親戚がいる、程度に本当」

「へえ……」

田崎の言葉を理解しようとするが、あまり実感が湧かなかった。青子にお屋敷に住むような親戚はいない。

「それでも跡を継ぐには結構面倒なことも多かったらしくて、母は異国の人間である自分が父の負担になり得ることを嫌がって籍を入れなかったわけ」

「はあ……」

うん、それはまあ、有り得なくはなさそうな話である。かな。

「嫌って言うのは、父とだと立場がフェアであり得ないってことに関してで、決して美しく身を引いたって話じゃないいんだ。その後、父も別の女性と結婚して正式な嫡子がいるしね。だから城や爵位に関しては俺には一切関係ないいんだけど、一応後出しして聞いてないって言われるのもなんだし……。——青子は？　そういうの、気にする？」

「えーと……」

（じゃあ、なんですか？　子供の頃、父親に会いにって、——お城に遊びに行ってたってこと？）

王子様顔の田崎少年がお城にいる。そんな姿を想像したらハマり過ぎてて、思わず吹き出しそうになるのを必死に堪えた。可愛すぎる。

「青子？」

「……ごめん、いや、なんでも……」

しかし肩を震えさせている青子を見て田崎は不満そうだ。

「思ったことがあるならちゃんと言って欲しい」

「え……と、そうね、お城なんて掃除とか大変そう？　……よね？」

とりあえず適当にお茶を濁そうとしたら、田崎に嬉しそうに微笑まれた。

「やっぱり青子だな、そういうとこ」

「なんでよー」

「実際、古い建物だからメンテナンスは大変らしい」

「だよねー。ちょっと面白そうではあるけど」

古い建物にはそれなりの味わいがある。言うなれば人の営みを積み重ねた年輪のようなものが。ちゃんと手入れされていたなら尚更だろう。

そんな建物が、青子は嫌いではない。もちろん、住むとなったら別かもしれないが。

「いつか……行ってみたいな。その――、馨が子供時代の一時期を過ごした場所に」

「ああ、いいよ。今でも彼とはやり取りしているし、婚約者を連れてくって言ったら喜ぶと思う」

婚約者、という言葉に頬がほんのり熱くなった。心臓がくすぐったい。

にしても城とか爵位とか、現実味がないことおびただしい。まあ、彼が関係はないと言うのなら、一旦横に置いておくしかないだろう。どう転んだって田崎は田崎でしかないし、元々王子様っぽい人だったのが、本当に王子様だったってだけだ。うぷぷ。

青子は無理矢理そう結論付けた。

「あ、じゃあ今の仕事をする前からキッチンには立ってたんだね」

「ああ。でもヴェルドゥーラに入社したのは、メニュー企画部に入りたかったからなんだ」

「あー、分かる気がする」

田崎の部屋には結構大量のレシピ本があった。しかも横文字の本も原書で置いてある。ヨーロッパの父親の家を行き来してたくらいなら、当然語学も堪能なわけで。

（やっぱ基本スペック高いわ……）

語学は青子が身に着けたいスキルのひとつでもあった。

家事代行の依頼者は在日外国人も多い。欧米系の人間の方が代行依頼に抵抗がないのもあるのだろう。その分、意思疎通を図るためにも英語の日常会話くらいは会得したいと、日々努力中である。いずれ、田崎に練習相手になってもらうのもありかもしれない。

そんな青子の思案とは裏腹に、田崎は言葉を続ける。

「でもまあ、入社当初店長をやるのは全社員お決まりのコースで……これも企画部に異動するための過程と割り切って頑張ったら思いのほか売り上げを上げちゃって、結局現場に回された」

いかにも不本意そうに話す田崎の顔を見ていると、笑っていいのか慰めていいのかよく分からない。仕事ができるのも良し悪しということだろうか。

「まあ、転属希望はずっと出してるから――、いつか企画部に回されるように画策してるけど」

（えーと。ちょっと待って。画策って言った？　裏工作ってことか⁉　この人、平気でそういうのしそうだけど！）

「自分で自分の店を持とうとは思わないの？」

個人経営の方が自由裁量でいいんじゃないだろうか。単純にそう思って聞いてみる。

「それも視野に入れてないわけではないけど、個人でヴェルドゥーラみたいな店を持とうと思ったら原価を抑えるのが難しいから、気軽に入りにくい店になっちゃうんだよな。できれば手頃な価格で質を落とさないのが理想だから」

原材料の大量購入が薄利多売の基本ということか。

「そうなんだ。馨なら少しお高めでもこだわりの味や内装の店を作りそうな気がしてた」

「そういうのもそそらなくはないけどね。ほら、味どう？」

田崎が味見用の小皿にシチューを盛って差し出す。

「……うん、すっごく美味しい！」

お世辞ではなく、雑味がなくすっきりしているのに味わい深いコクがあった。圧力鍋で時短した割に、その後の丁寧なアク取りが功を奏している。

「じゃあ飯にしようか。シチュー皿取ってくれる？　その棚の右側」

「はい、これでいい？」

全部出来上がると、テーブルに並べて赤ワインを開けた。

「いただきます」

ワインが入ったグラスをチンと鳴らし、少し早めの夕食を二人は向かい合ってゆっくり食べた。

「青子はアドバイザーの資格を取るんじゃなかったっけ」

「うん。もう二級は取れたから、今度は一級。それが取れればアドバイザーとして仕事ができるんだけど、二次試験では試験官の前でプレゼンがあるから緊張しそう」

二級は知識メインで、ペーパーテストか講習受講で取れるから、実はさほど難しくない。しかし一級になると二級同様のマークシートに加え、人に教えるアドバイザーとしての実技要素が入ってくる。分かりやすい知識の伝え方や、アドバイスを受ける人へのやる気の出させ方など、対人要素も重要だった。

「何で通常の代行だけじゃなくアドバイザーになろうと思ったんだ？」

「うーん……、単純に仕事の幅が広がればって言うのもあるんだけどね……」

そこで青子は続きを口に出してよいか迷う。これは職業的機密に入る？　しかし個人名を出さなければ、田崎なら問題なしだろうと判断して話し出した。

「代行の仕事をしていると、謝られることが結構多いのよ。主に部屋が散らかってる女性のお客さんにね」

『ごめんなさいね、散らかってて』は、女性の、主に主婦のお客様からよく聞く言葉だ。それを聞くたびに、青子は何とも言えない気持ちになる。決して安くはない費用を払っているのに、後ろめたさを感じてしまう不条理さはどこからきているんだろう。

「なんで？　金を払ってるんだろ？」

田崎も本気で分からなかったらしく顔を顰めた。青子は苦笑を漏らす。

なるほど、梨麻が以前言っていた性差はこんなところだろうか。実際、男性客から聞くことはあまりなかった。もっとも家事を頼む男性客の場合は一人住まいで不在が多いこともあるが。

「そうなのよ。そりゃあ部屋が片付いている方が作業は楽だけどね？　でもこっちはお金を貰って仕事としてやってるんだから、謝ってもらう必要は全然ないのよね。まあ、挨拶の決まり文句でもあるんでしょうけど。でも……なんか自分がやるべきことを人に頼んでることに罪悪感を覚えるみたいで。これが掃除や洗濯だけならそうでもなさそうなんだけど」

彼女たちが感じてしまう罪悪感の元はどこだろう？　何度となくそんな疑問が湧いた。

「片付けるところまでは個人の領域って感覚？」

「それもあると思うんだけど、思うに、散らかりやすい人って物の位置が確保できてない、あるいは最適化されてないことに、無意識に苛立ちがあるんだと思う。それを私たちに肩代わりさせている気分になるんじゃないかなあ」

実際、散らかっている家はどんなに片付けても次に来た時はまた散らかっている。もっとも青子たちからしても、片付ける場所がはっきり決まっていないものに関してはまとめて整然と並べるだけなので、根本的な片付けにはなっていないとも言える。

「せめて片付ける場所が決まっていればどこそこに戻しておいてって指示できるし、それ自体には罪悪感もないと思うんだよね」

田崎は青子の話を頭の中でまとめる顔になる。

「つまり、生活する上でのマネジメントが本人にできていれば、タスクの代行には抵抗がない、もしくは少なくなるってことか」

田崎の言い方がいかにもビジネス仕様で、青子は少しおかしくなる。しかし頭の中にあったモヤモヤがすっきり言語化されていくのを聞くのは心地よかった。

「そんな感じ。単純に、せめて部屋が自力で片付けられる、もしくはそれを他者に指示できるようになれば、罪悪感を抱かずに済むわけじゃない？　そのお手伝いを、してあげられたらいいかなって」

頭の中にぼんやりとあったものを、口に出すことで改めて認識できた気がした。

「確かにその辺は青子の得意分野を生かせそうだな」

「そう思う？」

「ああ」

田崎に褒められて、素直に嬉しくなる。

「あ、だけど！」

「ん？」

「私、料理はそんなにマメじゃないわよ？」

少し窺うような顔になって田崎を見つめてしまった。たまのご馳走なら今日のシチューのように手間をかけたものもありだろうが、普段は簡単な作り置きで過ごしている。仕事で基礎的な料理はこなしているから知識はあるし、決してできないわけではないが、仮に一緒に暮らすようなことになっても、あまり期待されては困る。

しかし青子の意に反して田崎はあっさり頷いた。

「そりゃあそうだろう。毎日ご馳走ってわけにはいかないだろうし」

「たまにレトルトやコンビニご飯にもお世話になってるし……」

「もしかして、俺が青子の料理に文句を言わないか、牽制してる？」

やはり田崎の勘は鋭かった。

「……少し」

渋々、正直に白状する。

かつて克之との新婚時代、青子は必死で料理をした。克之の健康を考えて、野菜が多めで薄味の食事を心がけた。

しかし、克之は世の一般男子よろしく野菜より肉が好きだったし、外食やレトルトで慣れていた舌に、青子の味付けは物足りなかった。必然的に揚げ物や炒め物といった、こってりしたもののリクエストが多くなり、かなり苦労した覚えがある。

しかも克之は食卓に既製品のふりかけがないとダメな男だった。

青子だってふりかけを毛嫌いしているわけではない。手作りしたものをお弁当に使うこともあったし、おかずがない時には適当に重宝したこともある。

しかし手の込んだ料理を作ってもご飯にふりかけをかけられるのを見るのは微妙に抵抗があった。しかしそれとなく伝えても彼には通じず、結局無邪気な笑顔を前に、青子は沈黙した。

そんなこんなで、青子にとって好きな異性に料理を作るのは、軽くトラウマになっていた。

　田崎が相手の場合、逆の意味で苦労しそうな気がする。下拵えが甘いとか、出汁の取り方が雑だとか。そんな風に考えると、目の前の美味しいシチューも青子に少なからずプレッシャーを与えてしまう。

「俺は……青子の舌は信用しているけど」

「信用？」

「レトルトを使おうとインスタント食品を食おうと、結局自分がそこそこ美味しいと思うものしか選べないだろ？　その辺の青子の味覚を信用している」

「なるほど」

　確かに手抜きで済ます時も、わざわざ美味しくないと思うものには手を出さない。

「それに俺が作る料理は商売用の味だからね。家庭で日々作られるものとは種類が違うだろ」

「そう、なのかな？」

「青子の家事と同じだよ。お金を貰ってるからきちんとコスパに見合ったと思わせるものを作る。もしくは特別な時に相手を喜ばせようと思って奮起する。でも家で毎日それをやろうと思ったら至難の業だと思う。ただでさえ無料仕事なんだし」

　皿に残ったシチューを余っていた胚芽パンで拭いながら、田崎は言った。

「それはまあ」

「それに青子の家事能力の高さは知っているけど、イコール家庭的かどうかは知らないから、特に期待値はないよ？」

「へ？　そうなの？」

これも意外なセリフである。家事ができる、イコール家庭的と印象が直線で結ばれることは多かった。青子がバツイチと知らない客から「いいお嫁さんになれるわね」と褒められて、笑顔でごまかすことも少なくない。

「元々俺が家庭的な雰囲気とは縁が薄いから求めてないってのもあるけどね。……青子はどちらかと言えば仕事が好きで、有能な人って印象が強い」

「！」

青子が目指していたところを褒められ、思わず心が舞い上がる。克之と別れ、自活の為に始めた職だったが、なにぶん初めての仕事でもありいつもどこか気は張っていた。だから仕事ぶりを評価されるのは、本当に素直に嬉しい。

「……恐縮です」

「恐縮する必要はないよ。お世辞で言ってるわけじゃないから」

何となく気恥ずかしくて俯いてしまった青子の頭に、田崎の手が伸びて優しく撫でてくれる。

えへへ。嬉しくてくすぐったい。

「でもそれとは別に、今度、青子の手料理も食べてみたいな」

（——ふりかけ以外でいいなら喜んで。じゃなくて）

「ん～～、何かリクエストある？」

期待値が高くないならさほどプレッシャーは感じなくて済む。元々全くできないわけではない。

「んー、和食かな。どうしても外食が多いから、さっぱりしたものが食べたい」

（となると、煮物とかお浸しかな。旬のものを取り入れて、今なら……）

季節の食材を考えると、少し楽しくなってきた。

「うん、考えてみる」

「楽しみにしてる」

その後も他愛ないことを喋りながら、ワインを空け、シチューをおかわりし、瞬く間に時間が過ぎ食べ終わって田崎が予洗いした食器を洗浄機に放り込むと、もう陽はとっぷり暮れていた。

明かされた新たな事実に多少の精神的な起伏はあったが、それでも最終的には穏やかで、楽しい気持ちだけが満たされていた。

テーブルを拭いていた青子の背後から、田崎がゆっくりと覆い被さり抱き締められる。

「馨……？」

「今朝、晴れてたから、しまってあった秋冬用の毛布と羽毛布団を出して干したんだ」

「そうなんだ。朝晩、結構肌寒くなったもんね」

空調を付ければ室内は適温になるとはいえ、暖かい布団が恋しくなる季節である。

「――泊まってくよね？」

耳元で囁かれ、ほんのり体温が上がった。えーと、なにか？　この王子様は私が今日泊まることを期待してお布団を干してくれたということでしょうか。……想像するとにやけそう。いや、実際寒くなってきたしついでだったのかもしれないけども。

青子は台拭きをテーブルに置いて、胸の前で組まれた田崎の手に自分の手を重ねた。

「――前にも言ったかもしれないけど、馨のベッドは誘惑値が高過ぎると思う」

ベッドの広さやスプリングも、さらさらのリネンのシーツも寝心地が良すぎる。羽毛布団やブランケットだって、去年までの掃除で見ているから、軽くて肌触りが最高だと知っている。

「持ち主よりも？」

くすくす笑いながら、首筋に唇が降ってきた。カシミヤのニット越しに、大きな手が胸を包み込む。柔らかく揉みしだかれる感触に、青子はうっとりと目を閉じた。

優しい恋人と心地よすぎるベッド。どっちがいいかって？

「どうかしら。それは……あなた次第じゃない？」

青子は首だけ振り返り、下から掬うように田崎にキスをした。

形の良い唇が青子の舌を招き入れる。田崎の舌は、芳醇なワインの味がした。

キスにはスイッチ機能があるのかもしれない。

唇同士が触れ合っただけで、甘い官能が腰のあたりからゆるゆると立ち上り始める。

「ピアス、外してもいい？」

押し殺した声で訊かれる。青子の耳元にはドロップオパールのピアスがぶら下がっていた。留め具に小さなパールが施してあって、シックな装いである。

しかし耳を食むのには邪魔だったらしい。

青子は自らピアスを外してテーブルの上に置くと、田崎と向き合う体勢になり、首に抱きついて彼の耳朶を甘く噛んだ。

「負けず嫌い」

田崎の声が笑っている。

「馨ほどじゃないと思うけど」

思わず言い返してしまうのはやはり負けず嫌いか。田崎もそう思ったのかくすくす笑っている。

「シャワーと、ベッドの寝心地を確かめるの、どっちを先にする？」

甘い顔で囁かれ、脳が溶けた。

「ベッドに、連れてって」

田崎は青子の背中と膝裏に腕を回すと、軽々と持ち上げる。細身に見えても筋肉はついているらしい。

「今夜は寝かさないから、そのつもりでいて」

青子をベッドにそっと下ろし、田崎は自分が着ていたシャツを脱ぎ捨てる。

「馨が言うと冗談に聞こえない」

田崎は心外そうに眉を顰めて見せた。

「もちろん本気に決まってるだろう？　どれだけ我慢してたと思ってるんだ」

大真面目にそう言うと、青子の両手を上げさせてニットを脱がせる。ストラップレスの下着は紫色で、田崎は嬉しそうに目を細めた。

「それとも青子は違うのか？」

違わない。確信に満ちた言い方に、欲望が渦巻いた。

「そこまで言うからには……明日は休みなんでしょうね？」

寝不足のまま朝帰りなんてしたくない。離れ難くて、触れたくて、田崎の胸に手を伸ばした。

「もぎ取ってある。だから明日一杯ベッドで過ごそう」

にやりと笑った田崎の顔を見て、胸の奥にほわほわとピンク色の花が咲いていく。嬉しくて、彼の頭を抱き寄せてキスをした。田崎の手が青子の背中に回り、ブラのホックを器用に外してしまう。外気に晒された先端は、とうに硬く立ち上がっていた。胸元には外していなかった一粒パールのネックレスが光っている。

田崎の目は獲物を見つけた獣のように、獰猛な光を帯びていた。どうやら我慢していたという言葉はあながち冗談ではなかったらしい。恐怖にも似た期待が背中をぞくぞくと這い上がってくる。田崎はひたと青子の胸を見つめると、舌なめずりをしながら触れようとしなかった。

代わりに青子の手を取り、指先を絡めながらその甲に口付ける。

「あ、馨……？」

「綺麗すぎて、触るのが勿体なくなってきた」

「やだ、そんなの……」

思わず泣きそうな声になる。触れて欲しい。その大きくて綺麗な手で無茶苦茶に揉みしだいて、一番敏感な乳首を思い切り吸って、舌でねぶって欲しい。

そうして欲しくて、既に痛いほど尖っている胸の先端が恥ずかしい。

「泣きそうな顔、すごく可愛くて美味しそうだ」

悪魔のように優しく囁かれて、もう限界だった。

「お願い、触って……」

恥ずかしさに目を伏せて囁く。

「いいおねだりだ――」

そう呟くと、田崎の唇が青子の胸に降りてきて、強く先端を吸った。

「あぁああ……っ」

それだけでビクビクと腰が跳ね、頭の中が真っ白になった。

「たったこれだけでイったのか？」

嬉しそうな声に、反駁することもできない。そのままチロチロと舌先で転がされると、もう一方の胸にも柔らかく愛撫を加え始めた。

「あ、あぁん、ふ、ゃあ……っ」

絶え間なく鼻にかかった喘ぎ声が漏れてしまう。

今度は両乳房を両手で愛撫しながら、舌を絡め合うキスを始めた。

「ん、んふ、ん…んん…」

歯列や口蓋を舐め上げながら、何度も舌が絡み合う。その度に唾液が混ざり、じゅるじゅると淫靡な水音が響いた。青子は田崎の頭に手を回し、濡れたキスを続けながらぎゅっと抱き締める。

唾液の糸を引いて互いの唇が離れた時には、呼吸は荒くなり瞳は潤んでいた。

「馨、もっとぉ……」

キスが欲しくてせがむ青子に、田崎は自分の唇に付いた唾液をぺろりと舐める。その動きが色っぽくて、青子の下腹がずくずくと疼いた。

「キスもいいけど……こっちももう欲しいんじゃないのか？」

田崎はそう言って巻きスカートを捲ると、青子の太腿とその付け根をあらわにした。

「汚すとまずいから脱いどこうか、もっとも――」

素早くウエストのホックを外し、腰を浮かせて床に投げ捨てる。

「もう遅かったかもしれないけど」

青子の頬が羞恥でピンク色に染まる。青子自身、とっくに気付いていた。きっと紫色のショーツには濃いシミができている筈だ。そして性器の形が分かるほど貼りついているに違いない。

田崎にだってそれははっきりと見えているだろうに、彼は青子の下着を脱がすことなく、布越しの割れ目を指先ですっとなぞった。

「ひゃあ……っ！」

それだけでびりびりと体中に電気が通ったような感覚が走る。

田崎は更に指先で上下に擦り始めた。

「馨、ダメ、そこ——っ」

「ああ、すっごい濡れている。もうショーツを通り越して太腿までびしょびしょだ……」

意地悪な言い方に、恥ずかしさと気持ちよさがないまぜになった状態で、青子は喘いだ。

「触ってほしい？」

「バカぁ……っ」

「バカとは聞き捨てならないなあ」

田崎はいたぶるような声で囁くと、布の上から青子の秘部に口付ける。

彼の唇と舌を布越しに感じて、青子はおかしくなりそうだった。

「や、馨、かお――」

必死で田崎の名を呼ぶ。違う、もっと直接触れて。その指で、唇で、私をイかせて――。

「可愛いな。青子のここ、ひくひくして震えてるみたいだ」

「だって、馨が欲しいから――っ」

「それで震えてるの？」

「当たり前じゃない……！」

欲しいものが直接貰えないもどかしさと切なさに、青子はもう泣きじゃくっていた。

「じゃあ、脱がせるからいい子にして足を開くんだよ？」

細いサイドリボンに手をかけられ、青子はこくこくと頷いた。ショーツが抜き去られると、恐る恐る膝を立てて足を開く。

「…ああ、すごいエロいな」

田崎の満足そうな声に、青子の期待値は否が応にも高まっていく。田崎の指が濡れそぼった陰唇の中に入り込み、大きく膨らんでいるだろう淫粒を探り出して押し潰した。

「あぁぁ……っ」

思わず背中が反り返る。

彼の指はすぐにそこを離れて、蜜を溢れさせる蜜口へと下りて行った。じゅぶじゅぶと濡れた蜜洞に指を差し込みながら、押し潰された花芽の皮を剝き、今度は唇でじゅっと吸う。

「ああぁあぁあああぁあぁっ！」

激しい快感に襲われ、青子の意識が飛びそうになる。

「青子、可愛い。すごく綺麗だ――」

うっとりするような声は、どこか遠くから聞こえるようだった。

青子の中では田崎の指が三本差し込まれ、ぐじゅぐじゅと内壁を犯している。掻き出されるようにして、後から後から青子の蜜が溢れてきた。

ぐったりとしたまま、青子は更なる快感に身を任せ、目を閉じてしまった。

田崎が好きだ。彼になら、どんなことをされてもいいと思ってしまう。

今溺れているのが、快楽の海なのか、愛情の坩堝《るつぼ》なのかもうよく分からなかった。

「気持ちよさそうな青子を見ていたら、もう俺も限界だ――」

苦しそうな田崎の囁きに、瞼を上げて彼を見ると、股間が獰猛に勃ち上がっていた。それを見た瞬間、青子の中で更に甘い欲望が疼く。

「馨、来て。私の中へ――」

「もう我慢できない？」

「うん」

青子の切なげな声に、田崎は微笑すると、彼女の膝裏を持ち上げてずぶずぶと身を沈め始める。

「あ、おっき…あつい、……かお、かおる――っ」

舌っ足らずな声で田崎の名を呼んだ。激しい圧迫が、青子の中を埋め尽くして支配していた。

一番奥まで突き立てると、田崎は一度だけ深く息を吐く。

「辛くない？」

奥歯を嚙みしめている青子に、田崎は囁く。

「へ……き、だ、から、動いて……ぇ」

「いい子だ」

青子のねだる声に、田崎は小さく笑みを浮かべると、青子の膝を持ち上げたまま激しく腰を前後に動かし始めた。

「あ、あぁあああ、あああ、ひゃ、あん、あぁん、あ、あああああ……っ！」

パンパンと激しく奥を突かれる度に、青子の意識は宙に放り出され、上下左右も分からないほどおかしくなっていった。

田崎だけが青子の体を支えている。

そんな錯覚に陥り、知らず知らず、背中に爪を立てて必死で彼にしがみつく。

「馨、好き、大好き――っ」

我知らずそんな声が漏れていた。

声を出さなければ、自分の中にあるものが溢れて壊れそうな気がしたのだ。

「俺も好きだ。青子――愛してる」

低く艶めいた声が、青子の脳を直撃した。

「かおる、馨ぅ……」

泣きながら田崎の名を呼んだ。その度に、青子の体はぎゅっと田崎を締め付ける。田崎の眉間に深い皺が刻まれていた。

捕まえていて。離さないで。私を、もっと強く――。

何度も内側を擦られ、熱で互いの境界が分からなくなっている。

体の奥底から大きな波がせり上がってくる感覚に、青子は嬌声を上げた。

「――ダメ、もう、イっちゃう……っ！」

青子を飲み込む快感の波に合わせて、田崎が大きく爆ぜた。ゴムの内側で射精する感覚に、青子のナカもびくびくと収縮を繰り返す。

うっすらと目を開けると、汗だくになった田崎の体が、大きく息を荒げながら青子の上へと落ちてきていた。そんな田崎の体を、青子はぎゅっと抱き締める。

「やば、……青子に、持っていかれるかと思った……」

ぜいぜいと肩で息をしながら、田崎がそんなことを呟く。

こっちのセリフなんですけど。

そう思いながら、青子は声が出なかった。喘ぎ過ぎて喉が掠れている気がする。だから代わりに、彼の頭をそっと撫でた。青子の上に重なったまま、田崎の意識が遠くなる気配がする。

（無理、ないよね……）

この一回で、一晩分の濃密さがあったと思う。このまま眠ってしまうのもいいだろう。

襲い来る疲労感に、青子もゆっくりと意識を手放していった。

しかし、田崎が有言実行の男だと青子が思い知るのは、この三十分後になる。

しばらくして意識を取り戻した彼は、意気揚々と第二ラウンドへと突入した。

「や、もうダメ……」

何度もそう叫びながら、青子は快楽の海に溺れた。文字通り、頭のてっぺんからつま先まで口付けられ、愛撫され、時に激しく、時に緩やかに翻弄される。

「本当に、もう、おかしくなっちゃう、から……っ」

泣きながらする懇願が、田崎を一層、駆り立てる。

「まだだよ。もっと、青子――」

汗で濡れた体を擦りつけあいながら、抱き合い、キスを交わし、深い場所で繋がり合う。

「体中に沁み込ませてあげる。もう俺なしではいられないように」

「ふぁあ……っ」

青子のナカで田崎の分身が擦り上げ、暴れ続けた。青子の足がそんな彼を逃すまいと、田崎の細い腰に巻き付いている。背中に回った手は思わず爪を立ててしまったかもしれない。

「愛してる、愛してる、馨――」

気が付けば泣きながら何度もそう叫んでいた。

結局青子はその晩、田崎が宣言していた通り、一睡もできないことになったのだった。

エピローグ

「お客さん、取らないって言ったのにぃ！」

恨みがまし気な声で琴原にそう言われたのは、田崎と青子が改めて付き合い始めた翌年の、もう年の瀬も押し迫ろうという時期だった。

そういやそんなことも言われてたな。すっかり忘れてたけど。

「いや、取ったわけでは……」

ひたすら恐縮した笑いを貼り付けながら、青子は小さい声で反論する。

もっとも結果的にはそうなるのだろうか？　いやでもね？

「まあまあ、琴原さん。ここは笑って祝福しましょうよ。ね？」

隣で、たまたま報告書を提出しに来ていた朋美がとりなそうとしてくれている。

昨年の秋、青子がトレーナーを務めた新人スタッフの朋美は、一年の期間を経てすっかり慣れ、今は週に三日というのんびりペースで働いていた。

「そりゃあね、結婚なんておめでたいことともなれば祝福しなきゃっていうのも分かってるけどさあ！」

「すみません……」

ますます小さな声で、青子は謝罪を口にする。

一年を過ぎる交際期間を経て、田崎との結婚の同意に至ったのはよくよく考えた末のことだった。

色んなことを話し、共に過ごし、互いに籍を入れるのが望ましいと結論を出した。

結果、田崎は『フォレスト』との契約を解約することになったのである。

改めて付き合いだした後、青子のアドバイスもあって、田崎の部屋は忙しくてもそこそこ片付くようになっていた。その上で青子と一緒に暮らすことになれば、共有空間の清掃は青子ができるから、代行を頼む必要はないのである。

田崎自身は、はじめこそクレーマーのきらいがあったとはいえ、支払いが滞ることもない上客の一人だった。会社的には解約は悲しい。

「で、江利宮さんは？　江利宮さんは辞めたりしないよね？」

怯えるような目で琴原が尋ねた。

「もちろん、このまま続けさせて頂くつもりです。せっかく正社員にもして頂いて、アドバイザーとしての仕事も増えてきたところですし」

青子自身、仕事をやめるつもりは毛頭ない。田崎の給料なら二人分の生活に困ることはないし、田崎の多忙さを考えると専業主婦の道もちらりとよぎったが、青子は単純に働くのが楽しかった。

田崎自身、シングルマザーの母親に育てられたので、女性が働く姿に何の疑問もない。更に言えば、『フォレスト』は女性が働きやすい職場だった。スタッフの殆どが女性だから、産休や育休、時短勤務が取りやすいのである。当然その間の収入は落ちるが、キャリアがリセットされない分、先々のことを考えると利は大きい。

「よかったぁ。田崎さんのことより、むしろ江利宮さんが辞めないか、そっちの方が心配だったからさあ……」

どうやら琴原の本音はそこらしい。

「まあ、さっきの『取っちゃう』発言は冗談として。おめでとう、江利宮さん。幸せになってよね」

ようやく相好を崩して祝福してくれる琴原に、青子は「ありがとうございます」と頭を下げた。

軽いGを抜け、雲の上に出ると、窓の外に澄み渡った空が広がった。機内アナウンスでシートベルトの着脱許可が下りる。機内はベルトを外すざわめきがさざめいた。

隣の座席では、田崎がタブレットを取り出して仕事の最終チェックをし始めた。かなりの有休をもぎ取った余波らしい。

（結局、仕事の鬼なんだよなー）

そんな田崎を横目で眺めながら、青子は苦笑を漏らした。一応、このチェックが終わったらタブレットは封印することになっている。

青子は顔を窓に向けて晴れ渡った空を眺めながら、数日前の梨麻との会話を思い出していた。

「でもまさか青子先輩がドイツのお城で結婚式を挙げることになるなんてねー」

いかにも感慨深い口調で梨麻は缶チューハイのプルトップを開けた。

荷造りの手伝いを口実に、青子のアパートに梨麻が持参したのは当然ながら酒である。

「うん、それは私も完全に想定外だった」

青子はしょっぱい笑みを浮かべながら、仕分けの手を止めて明後日の方向を向いた。

入籍を決めたのは良かったが、結婚式に関しては悩みどころだった。何せ青子は二度目である。一度目は大々的にやったが、親戚の手前、できれば今度は身内だけで内々にと思っていた。しかし田崎は初めてのことだし、職場での立場上差し障りがないかとも思う。

そんな不安を告げた時、田崎が「じゃあいっそ海外でやる？」と言い出した。

その時でさえ、海外挙式ならハワイとかリゾート地かと思ったのである。しかし田崎の提案は意外な方向に進んだ。

『父の住んでいる城に小さなチャペルがあるんだ。副業として部屋もいくつか宿泊用になってるから、ご家族も呼べばいい。そういう事情なら式に呼ばなくても会社の人間も納得するだろうしね』

ただでさえ多忙な飲食業である。同僚もそうそう何日もまとめては休めない。

ことの成り行きに青子の家族も初めはかなり驚いていたものの、二度目を最低限の身内だけでやるには妙案かと、最終的には納得してくれた。

何より実家住まいの青子の妹が、海外旅行ができるならと猛プッシュしたのもある。但し仕事の都合で家族の渡独は青子たちより二日遅れての日程になった。

田崎の母親は、田崎が大学を卒業する頃に仕事で知り合ったオーストラリア人の男性と再婚して、シドニーに移住していたが、そういうことならドイツに来てくれるという。

「田崎さんのご両親、その辺はドライなんですねー」

「まあ、嫌い合って別れたわけじゃなかったみたいだしね。電話で話したらかなりフランクな人だったよ。スカイプで話したから今の旦那さんの顔も見えたんだけど……お義母さん、たぶん、かなり面食いだと思う」

ちなみに田崎の母のコメントは『いいわねー、結婚式に合う綺麗なところよ』だった。

五十歳をいくつか過ぎた田崎の母は今でも充分綺麗な女性だったが、背後でニコニコしていた結婚相手の男性も甘く蕩けるような外見だった。しかも歳相応の円熟味もあって、往年のハリウッドスターを思わせる容貌である。田崎の父親に当たる城主の元恋人も、今でこそふっくらした外見になっていたが、若い頃は負けず劣らずハンサムだったらしい。

「しっかし田崎さんがモノホンの王子様だったとはねー」

しみじみ納得という顔で、梨麻はふんふん頷いた。

「それ、本人には言わないでよ。結構気にしてるみたいだから」

「そうなの？」

「うっかり人に知られると騒がれるから、ひた隠しにしてるみたい」

『後出しして聞いてないって言われるのもなんだし』

かなり複雑そうな顔で言うには、実際ひょんなことで知られて騒がれてしまったことがあるらしい。本人曰く、迷惑以外のなにものでもなかったが、騒ぎたくなる気持ちも分からなくはない。

「でも本当に良かったー。別に結婚が最上とは思ってないけど、青子先輩には幸せになってほしいからさ」

「……ありがと」

「それでも青子先輩があのクレーマーの田崎さんと結婚なんて、人生、何がどう転ぶか分かんないねー」

「あー、全くねえ」

青子は苦笑する。元々は面識もないただの客。それがよもやそんな関係になるとは思ってもみなかった。

「で、ちなみに？　結局、結婚を決意した決め手はなんだったの？」

青子は田崎と過ごしたこの一年間に思いを巡らせる。些細な口論もした。合わない部分もたくさんあった。週末はまともに休みが取れるようになっていたものの、田崎は相変わらず多忙だったし、青子が思っていた以上に神経質な部分もあった。

しかし話し合いで解決できることも多かった。

「馨がね、職場のスタッフによく言うんだって。『失敗は経験値だと思え』って」

「ほー。なかなか良い名言。メモっとこ」

ライターらしく、梨麻はさっと自分の携帯メモに文言を打ち込んでいる。

「それを聞いたら、自分がバツイチってことが……なんていうのかな、後悔も何もなかった筈なんだけど……すとんと軽くなった気がしたの」

しいて言えば、過去の失敗に対するプレッシャー、だろうか。

「あー、『呪いが解かれた』ってやつですね」

「なのかなー。なのかも」

その時、何かが吹っ切れた。もう一度、彼となら新しい生活を始められる、そう思った。

「子供の時とか――若い頃の恋愛ってさ、割とお互いの同じところを見つけて結びつく感じがあるじゃない？　価値観とか好きな食べ物や感動した映画、嫌いな人のタイプ、そういう共通項で共感を深めるって言うか」

「そうですねえ。自分が好きなものを相手が好きだったら嬉しいし、この人となら理解し合えるって思っちゃうんですよね」

「そうそれ。『あ、自分と同じ』って思えることが嬉しくて」

「わかりますわかります」

梨麻はふむふむと首を縦に振る。

「でも、そう言うのって、その内違う部分が見えてくると見ない振りしちゃったり『こんな筈じゃなかった』に繋がることも多いんだよね」

「あー、克之さんとはそうだったんだ」

青子の笑みに苦いものが混ざる。

「まあ、ね。若かったし」

「田崎さんとは違うの？」

「馨とは元々『違う』ことが大前提だったから。そもそも客とスタッフで立場が違ってたしね。だから距離の取り方には慎重だったし、どんなに気持ちが溺れそうになってもどこかにリミッターが働いてた。その分、好きだって自覚した時、ちゃんと分かり合うための努力をしようとできたんじゃないかなあ」

溺れるのが怖かったのは、あとから自分の思い違いに気付いてしまうことだ。

『こんな筈じゃなかったのに』

それをきっかけに信頼が薄れ、愛情が薄れていく。あるあるである。

だけど、そもそも赤の他人なのだから、初めから完全な共感や理解は有り得ない。理解したと思ったそれですら、相手の一部でしか有り得ない場合もあるのである。

どんなに身近に思い、愛しいと感じても、時をかけて重ねなければ分からないことはたくさんある。もしくは一生かかっても分かり合えないこともあるだろう。けれどそれが決して悲観材料でないことを、青子はもう知っていた。

「大人になってからの恋って結構難しいもんねえ」

「うん。難しいし面倒くさい」

実感を込めながら、青子は笑った。梨麻も同意を示すようにへにゃんと笑う。

「でも、続けようって決めたんだよね？」

「うん」

社会に出てからの恋は、『好き』という情熱だけでは付き合えない。互いの立場や価値観を理解し、尊重しようと努力しなければ、いともあっさり壊れてしまう。

生活を共にするとなれば尚更だ。情熱だけで続けていける者もいるだろうが、一度失敗してしまった青子にはもう無理だった。

田崎との体だけの関係を持った時は気楽だった。過去の失敗を一切気にする必要がなかったからだ。欲望だけに、思う存分溺れていられた。

けれどその一方で、田崎のことを好きになるのが怖くて、必死で自分の本心から目を逸らしていた。それでも。彼はいつでもちゃんと話そうと言ってくれたのだ。

「だけど田崎さんのあの忙しさだと、子供出来たら大変そう……」

「その時は、育休は無理でも時短もぎとるって言ってた。実際なってみないと分からないけどね」

田崎との家庭。生まれるかもしれない二人の子供。どれも未知数で分からないことだらけだ。

けれど青子の中に不安はなかった。少なくとも彼とは互いに歩み寄る努力がある。


古城の小さなチャペルは堅牢な石造りで、いかにも歴史を感じさせるものだった。二十人入るかどうかの広さで、しかし田崎の実父家族たちが今日のためにと美しく花で飾ってくれていた。

青子が着ているのは、田崎の父の家に伝わるというアンティークのウェディングドレスである。

長袖で裾が長いだけの、シンプルなワンピースのようなそのドレスは、決して華美ではないが、散りばめられた繊細なレースが美しい清楚なデザインだった。丈もちょうどよく、青子によく似合っているとは田崎の弁だ。青子的には無駄にコルセットなどがないのも有り難かった。

壇上で、近所の教会に住むという牧師が、初めはドイツ語で、その後たどたどしい日本語で宣誓を読み上げる。

「病メル時モ、健ヤカナル時モ、互イヲ愛シ、敬イ、慈シムコトヲ――」

以前の結婚式ではありきたりな文言としか思っていなかったその言葉が、今は深く青子の胸にしみこんでくる。結婚という長い誓いの中で、本当に大事なのは、互いに敬い、慈しみ続けることなのだ。敬意を払ってこそ、ちゃんと相手の話を聞くことができる。

牧師の問いに厳かに答え、指輪を交換し、ベールを上げてキスを交わした。

田崎が眩しそうに微笑む。青子も微笑み返し、彼の腕に手を回す。

チャペルの中に、温かい祝福の拍手が溢れかえっていた。

あとがき

こんにちは。あるいは初めまして。この度は本著『アラサー女子と多忙な王子様のオトナな関係』をお手に取って頂き、まことにありがとうございます。

「オトナな関係」から始まり「大人な関係」へと続く青子と田崎の物語はいかがでしたでしょうか。ヒロインの青子はこのジャンルには珍しく××設定ですが、お楽しみ頂けたでしょうか？

本作の初出は「メクる」という投稿サイトで、公式作家として連載させて頂いた時で、勿論主筋は二人の恋愛模様なのですが、その側面的に、「仕事と家事」とか「結婚とは」など、当時ぐるぐる考えていた色んなものを詰め込み、結果結構盛沢山な内容になりました（書籍化に当たって一部改稿）。作者自身は大人と呼ばれていい歳をもうかなり過ぎているのですが、それでも「大人って…？」とつい厨二病的に考えてしまう事しばしばです。現にまだ人間になりかけの漸く就学児と本気で喧嘩したりするので、道はまだまだ遠いかもしれません。人生一生修行ですね（涙目）。

ちなみに作中の田崎の台詞「失敗は経験値」というのは、私が実際飲食で働いていた時に店長に言われた言葉です。決して二枚目などではなくどちらかと言えばぬぼーっとした人でしたが（笑）、言われた時は盛大に失敗して落ち込んでいたので、めっちゃ胸に刻まれまして、いつか絶対小説に使おう！と心に決めていました（そこか）。T店長、その節はありがとうございました〜。

尚、本著は天ヶ森雀名義で出版させて頂いた七冊目の紙の本になります。ラッキーセブンというと少し幸先がいいですね。最初に出させて頂いた本がやはり蜜夢文庫さんで、２０１５年の９月でしたから、ちょうど紙デビュー四年目になります。早いなあ。

一冊目の時はその後も続くかどうかも全く分からぬまま右往左往していたのですが、有難いことにその後もお仕事の声をかけて頂き、何とか今までやってきました。できればこのまま二桁の冊数までは続けるのが今の小市民的野望！　もし本作がお気に召せば、今後ともお付き合いいただけると嬉しいです。Twitterで感想なども匿名可で投稿できますのでよかったらぜひｗ

今回の紙書籍化に当たって、表紙と挿絵は逆月酒乱先生に描いて頂きました。以前から他の方の表紙絵やイラストを拝見しては、凄く雰囲気のある色っぽい絵の方だなー、と思っていたので、めちゃめちゃエロかっこいい田崎と可愛い青子を描いて頂けて嬉しかったです！

この場を借りて心よりお礼を申し上げます。逆月先生、ありがとうございました！

そしていつもいつも大変お世話になっている担当様と版元の皆様、関わってくださったデザインや流通の皆様に心からお礼を。いつも本当にありがとうございます。
最後にこの本を読んで下さった皆様にもお礼を。この本で一時の笑福を得られますように。

天ヶ森雀拝

2019年9月

スイートルームの窓際で　城壁の前で　天守閣で
御曹司は無垢な姫を
視姦したい
仮面の下に情熱を
秘めた美貌の御曹司
×
人々に愛される
誇り高き姫

本書は、電子書籍レーベル「らぶドロップス」より発売された電子書籍『アラサー女子と多忙な王子様のオトナな関係』を元に、加筆・修正したものです。

★著者・イラストレーターへのファンレターやプレゼントにつきまして★
著者・イラストレーターへのファンレターやプレゼントは、下記の住所にお送りください。いただいたお手紙やプレゼントは、できるだけ早く著作者にお送りしておりますが、状況によって時間が掛かる場合があります。生ものや賞味期限の短い食べ物をご送付いただきますと著者様にお届けできない場合がございますので、何卒ご理解ください。
送り先
〒160-0004　東京都新宿区四谷 3-14-1　UUR 四谷三丁目ビル２階
(株) パブリッシングリンク
蜜夢文庫 編集部
〇〇（著者・イラストレーターのお名前）様

アラサー女子と多忙な王子様のオトナな関係
２０１９年９月２８日　初版第一刷発行

著……………………………………………………… 天ヶ森雀
画……………………………………………………… 逆月酒乱
編集…………………………… 株式会社パブリッシングリンク
ブックデザイン…………………………………………… おおの蛍
（ムシカゴグラフィクス）
本文ＤＴＰ……………………………………………… ＩＤＲ

発行人…………………………………………………… 後藤明信
発行………………………………………………… 株式会社竹書房
〒102-0072　東京都千代田区飯田橋２－７－３
電話　03-3264-1576（代表）
03-3234-6208（編集）
http://www.takeshobo.co.jp
印刷・製本……………………………… 中央精版印刷株式会社

ISBN978-4-8019-2008-8　C0193
Printed in JAPAN